D1722704

KİME EMANET

Harun Tokak

Harun Tokak

1955 yılında Uşak'a bağlı Merkez-Kırka Köyü'nde doğdu. İzmir Dokuz Eylül Üniversitesi Yüksek İslam Enstitüsü'nden mezun oldu. (1979) Milli Eğitim Bakanlığı ve Diyanet İşleri Başkanlığı'nın çeşitli kademelerinde çalıştı. MEB Din Öğretimi Genel Müdürlüğü'nde Eğitim Uzmanlığı ve Başbakanlık'ta müşavirlik yaptı. 1997-2008 yılları arasında Gazeteciler ve Yazarlar Vakfı Başkanlığını yürüttü. Halen İlber Ortaylı, Cengiz Aytmatov, Olcas Süleyman, Rostislav Ribakov, Anar, Boris Marian, Muhtar Şahanov, Giuli Alasania gibi Avrasya'nın seçkin bilim adamları ve edebiyatçılarının kurucu üyesi olduğu Diyalog Avrasya Platformu'nda eş başkanlık görevini sürdürmektedir. Yeni Şafak gazetesinde pazar yazıları yazmakta olan yazar, evli ve 3 çocuk babasıdır. Yayınlanmış eserleri: Önden Giden Atlılar, Yoldakiler, Işık Süvarileri.

KİME EMANET

Harun Tokak

KİME EMANET

Editör
Hasan Hayri DEMİREL

Görsel Yönetmen
Engin ÇİFTÇİ

Kapak
İhsan DEMİRHAN

Sayfa Düzeni
Ahmet KAHRAMANOĞLU

ISBN
978-605-5510-34-3

Yayın Numarası
297

Basım Yeri ve Yılı
Çağlayan A.Ş.
TS EN ISO 9001:2000
Ser No: 300-01
Sarnıç Yolu Üzeri No:7 Gaziemir / İZMİR
Tel: (0232) 274 22 15
Mayıs 2011

Genel Dağıtım
Gökkuşağı Pazarlama ve Dağıtım
Merkez Mah. Soğuksu Cad. No: 31 Tek-Er İş Merkezi
Mahmutbey/İSTANBUL
Tel: (0212) 410 50 60 Faks: (0212) 445 84 64

Kaynak Yayınları
Bulgurlu Mahallesi Bağcılar Caddesi No: 1
34696 Üsküdar/İSTANBUL
Tel: (0216) 522 11 44 Faks: (0216) 522 11 78
www.kaynakyayinlari.com.tr
facebook.com/kitapkaynagi

İÇİNDEKİLER

"BEN SENİ BIRAKMAM YA RESULALLAH!"

Çölde, bayrak bayrak dalgalanan rüzgâr, gelecek çetin günlerin habercisi gibidir.

Kış, bütün vadilere, zirvelere yerleşmiştir.

Bir Mehmetçiğin yanık sesi can verir, Bilal-Habeşî'nin minaresine.

Öğle namazı vecd içinde kılınır, herkes, tarihi bir gün yaşandığının farkındadır.

Hava ağırdır.

Paşa, ağır ağır kalkar yerinden. Büyük bir al bayrağı sarar göğsüne.

Kendisine çevrilen gözlerin aydınlığında çıkar minbere.

Nefesler tutulur.

Yiğit yüzlü Paşa'nın gök gürlemesini andıran sesi düşer, sessizliğin ortasına.

"Ey nas..! Şurada, kabrinde diri olan Peygamber (sav)'in huzurunda söz veriyorum ki, son nefer, Medine'nin enkazında ve nihayet yeşil türbenin altında kan ve ateşten dokunmuş kefeniyle gömülmedikçe, al bayrağı, Yeşil Kubbe'nin üzerinden hiçbir güç indiremeyecektir.

Kardeşlerim, evlatlarım! Söz verelim Allah'a, söz verelim huzurunda bulunduğumuz Rasulllah (sav)'a,

Ya Rasulallah biz seni bırakmayız!"

Gökler gürlemiş, yer yerinden oynamıştır.

"Biz seni bırakmayız" sesleri duvarlarda, kubbelerde çınlar.

Paşa son sözleriyle birlikte kendinden geçer ve ayıldığında kendisini Mehmetçiklerinin kucağında bulur.

Herkes teselli hüzün karışımı göz yaşları ile birbirine sarılır. Sanki "Süleymaniye'de bir bayram sabahı"dır.

Artık, Rasulullah (sav)'ın huzurundadırlar, o huzur ki orada, o büyük şefkat kucağında, er de kumandan da birdir, herkes Muhammed ümmetidir.

***

1918'in hicran dolu günleri...

Vefasızlığın ve vahşetin bu kadarından milletçe ürperdiğimiz, hayret ve dehşetten donakaldığımız günler.

Dünkü bahçelerimizdeki çiçeklerin zehir saçtığı, "dostların düşmanlarla barışıp" gittiği, umutların bir bir söndüğü günler...

İtilaf Devletleri'nin komutanlarına; hasta ve yaralılar da dahil olmak üzere, yokluk ve yoksulluk içerisinde savaşan, muhafız kıtalardaki kahraman askerlerimizi kendi ellerimizle teslim ettiğimiz o hicranlı yıllar...

Filistin, lübnan, Suriye, hatta ırak ve bütün Arabistan' daki muhafız kıtalar teslim olmuş, bir Medine Muhafızları direnmektedir..

Uzaklarda, çok uzaklarda özgürce dalgalanan tek bir bayrak kalmıştır.

Yeşil Türbe'nin üstündeki al bayrak...

Cihan harbinin sonunda, bütün bir milletin; "Eyvah bunca şehide, bunca acıya rağmen artık her şey bitti" feryadıyla umutsuzluğun koyu karanlığına gömüldüğü günlerde, Peygamber Şehri'nin semasında, bir fecir yıldızı gibi doğan;

"Hayır! Allah'ına güvenen bir milletin şan ve şerefi bitmez" sadasıyla sayhalaşan bir ses vardır.

Bu ses, Medine Müdafii Fahreddin Paşa'nın sesidir:

Bütün cepheler bozulmuş, Fransız ve İngiliz gemileri İstanbul önlerine kadar gelmiştir.

Yolcuların sağdan soldan topladıkları odunlarla güç bela yol alabilen Hicaz Trenleri, yer yer bombalanmış olan demir yolundaki hasarlar yüzünden Anadolu'nun yardımlarını ulaştıramamaktadır.

Trenler yorgundur...

Askerler yorgundur...

Anadolu'nun yüreği yogundur.

Açlık susuzluk ve salgın hastalıklar Medine'yi savunan Mehmetçikleri perişan etmekte, açlıktan çekirge yiyen asker her gün kırılmaktadır.

Değil askerlere, susuzluktan dilleri sarkmış develerin alev gibi kızgın kumlara yatarak çıkardıkları homurtulara can dayanmıyordu.

Bir katre su için mataraların ağzına yapışan dudaklarda son umutlar da sönüyordu.

Fahreddin Paşa, her gün kefenine bürünüp, başına beyaz bir sarık sararak, Ravzay-ı Tahire'yi kendi elleriyle temizliyor, al bayrağa baktıkça bir gün indirileceği ihtimalinden dehşet duyuyordu.

İstanbul Hükümeti'nden gelen üst üste emirlere ve İngilizlerin yoğun baskısına rağmen, 700 subay ve 6000 kahraman askeriyle Medine müdafaası sürüyordu.

Ne hicrandır ki artık Osmanlı Güneşi, yavaş yavaş vadilerden, dere yataklarından, bağlardan, bahçelerden çekilmekte, ufuklar, koyu kızıl bir siyaha boyanmaktadır.

Bütün ikmal yolları kesilmiş, açlık, susuzluk ve salgın hastalıklar dayanılmaz bir hâl almıştır. Hiç kimse de dayanacak takat kalmamış; yavaş yavaş ordunun içinde de bozulma başlamıştır. En yakın silah arkadaşları, Paşa'nın gözlerinin içine bakarak, teslim olunması gerektiğini söylemektedir.

Yolun sonu görünmüştür.

Fahreddin Paşa; "O halde hazırlanıp yola çıkmak zamanı gelmiştir' diyerek, kahraman Mehmetçiklerine ve silah arkadaşlarına gözleri yaşartacak pek hazin bir "Allaha ısmarladık, hakkınızı helal edin" mesajı yayınlar.

Eşyalarını toplamak için girdiği makam odasındaki her bir eşyaya dokundukça yüreği kopar.

Ayrıldıktan aylar sonra bile Arapların;

"İşte şu kapıdan girermiş, bak bak şu odada otururmuş, dışarı çıktı mı kimse yanına yaklaşamazmış, boyu da herkesten uzunmuş, atına bir bindimi kimse yetişemezmiş, hecine de binermiş, yalnız Harem-i Şerif 'e mutlak yayan gidermiş, imamlık ettiği de olurmuş, sesi de çok güzelmiş, bir Kur'an okurmuş ki ya selam, Arapça da bilirmiş, bilmediği bir dil yokmuş...'diyerek efsaneleştirdikleri, kahraman Paşa'nın teslim kararıyla, Cihan Harbi'nin, Osmanlılık namına en şanlı bir sahifesi daha kapanmak üzeredir.

Makam arabası en son ve en zor görevini ifa etmeyi bekleyen düşünceli bir küheylan gibi kapının önünde öylece durmaktadır.

Masasından kalkar, dışarı çıkar. Uyur gezer gibi bir hali vardır. O efsanevi Paşa gitmiş yerine bambaşka bir insan gelmiştir.

Yorgun ve bitkindir.

Karşısında renkleri atmış, boyunları bükülmüş, nefesleri kesilmiş vaziyette selam duran her rütbeden silah arkadaşlarıyla sarsıla sarsıla ağlayarak kucaklaşır.

Manzara cidden pek hazindir.

Daha fazla dayanamaz ve emektar şöförüne, Ravzay-ı Tahire'ye sürmesini emreder.

Ravza'nın gümüş parmaklığının önüne gelince kendinden geçercesine duaya dalar.

Ardındaki yaverine döner ve 'burada kalıyoruz' der.

"Ya Rasulallah (sav)! Ben, seni korumaya gelmiştim ama beni korumak da sana düştü" diyerek Rasulullah (sav)'ın komşuluk ve sıyanetine sığınır.

Durumu öğrenen komutanlar şaşırırlar. İngilizler anlaşmanın yürürlüğe girmesi için Paşanın teslimini şart koşmaktadır.

Hep birlikte Ravza-ı Tahire'ye gelirler. Paşa, bu çok sevdiği silah arkadaşlarını Ravza'da ayakta karşılar.

Dil dökerler, 'kader paşam, siz elinizden geleni yaptınız, kimseye nasip olmayacak bir kahramanlık ve fedakârlık gösterdiniz' derler.

Kader artık sabit olmuş, bu rotadan ileriye doğru gidiş kapanmıştır.

Paşa bunu biliyordu, biliyordu da artık yangınlar içindeki bir gemide vazife, yol almak değil, denize bir şişe salmaktır diye, başka vakitlerde yeşerecek bir dua olmak istiyordu.

Onu bırakmayanı Onun da bırakmayacağını bilmek bilgeliği olmalı Paşa'nınki. Paşa granitten bir kaya gibi sessizdir. Sanki söylenenlerin hiç birisini duymuyor, yalvaran gözleri görmüyordu. Ve Peygamber'in huzurunda Medine müdafaasının en hazin sahnesi yaşanır.

Komutanlar, kararlı ifadelerle bakışırlar. Önceden karalaştırdıkları gibi hep birlikte Paşa'nın üzerine atlayıp kıskıvrak yakalarlar ve Paşa'nın sıkıca tutunduğu ellerini gümüş parmaklıklardan koparırlar.

Paşa da komutanları da göz yaşlarına boğulur.

Ne hazindir ki Peygamber'ini korumak için Medine'ye gelen bu kahraman Paşamız kendi emrindeki komutanlar tarafından İngilizlere teslim edilir.

Anadolu dışındaki son bayrağımız da böylece iner ve son umut ışığımız da söner.

Âlem-i İslam'in üzerine koyu bir karanlık çöker ve bütün sesler kesilir:

Geçerken ağladım geçtim, dururken ağladım durdum
Duyan yok ses veren yok, bin perişan yurda baş vurdum.

Ufkun yüzünde akşam güneşi bir volkan gibi tutuşurken, iri yeşil kertenkelelerle, dağ kedilerinin av gözledikleri kızgın kayaların üstünde böceklerin kulakları sağır eden, ağıt gibi açık hava konseri başlar.

Son kutsal karakolun efsane komutanı karanlıkları yırtan ya "leyl" sesleri arasında ayrılır, Medine'den.

"Ya leyl" sesleri hiç bu kadar yakışmamıştır, yanık çöl gecelerine. Gamlı gözlerinden akan sımsıcak yaşlar üzerindeki solmuş üniformasını ıslatan esir komutan Medine'den ayrılırken;

"Ya Rasullah (sav) biz seni bırakmayız," sözleri bir başka baharda yeşermek üzere gönenli tohumlar gibi çölün bağrına düşerek, kızgın kumları bir yorgan gibi çeker üzerine.

"SANA BİR EMANETİM VAR OĞUL"

Gece...

Her taraf zifiri karanlık...

Karanlıklar dalga dalga geliyor üzerime.

Koşmak istiyorum, koşamıyorum.

Hani kabuslarda olur ya; peşimizi takip eden vahşi suratlı insanlardan kaçmak isteriz de bir türlü koşamayız.

Yeni yürümeye başlayan bücür ve sıska çocuklar gibi adımlarımız geri geri gider ya...

İşte öylece kalakalıyorum.

Rüya, kesin rüya bu, diyorum...

Asla gerçek olamaz.

Gördüğüm bu dehşet manzaraları ancak rüyalarda görülebilir.

İnsanoğlunun bu kadar vahşi olabileceğini kabul etmek istemiyorum.

Derin uykularda olduğuma göre, gördüklerim de kesin rüya olmalıydı.

Alevler, karanlığı delerek göklere doğru dalga dalga yükseliyor, sonra devriliyor.

Gökten, karanlıkları aydınlatan havai fişekler gibi salkım salkım bombalar yağıyor.

Koca koca gökdelenler yerle bir oluyor.

Her yan toz-duman.

Çocuklar birbirinin elinden tutmuş kaçışıyor, yaşlı insanlar bastonlarına dayanarak tehlike bölgesinden uzaklaşmaya çalışıyor.

Korkular, dalga dalga insanların üzerine geliyor.

Çocukların çığlıkları, kadınların feryatlarına karışarak yırtıyor gecenin bağrını.

Hayra yorulamayacak düşlerin tam ortasındayım.

Yıkık binaların duvarlarında, viranelerin yasçısı baykuşlar ötüyor. Yarasalar uçuşuyor...

Şehir karanlığa gömülü.

Sokak lambaları sönük, sular akmıyor.

Hastaneler yaralı dolu, kolları bacakları kopmuş insanların bile kimse yüzüne bakmıyor.

Hastanede elektrik yok, su yok, ilaç yok.

Doktorlar yorgun,

doktorlar uykusuz, doktorlar umutsuz.

Bir yaralıdan diğerine koşuyorlar.

Küçücük kızlar birden büyümüş, kucaklarındaki kardeşlerine annelik ediyorlar.

Annelerse ya ölmüş ya da yaralı.

Kızılay'ın, Birleşmiş Milletlerin bile binalarına bombalar yağıyor, basın mensupları dahi öldürülüyor.

Bu şehirde en çok görülen şey, ölüm. "Ölüler evi"ni andırıyor koca şehir.

Ölüm kokuyor sokaklar.

İnsanların en çok karşılaştıkları şey, ölüm.

Bu şehirde her şey durgun, her şey yorgun, her şey bitkin.

Bu şehirde en canlı şey, ölüm.

Her evin önünde, ölüm sabırsız bir at gibi kişniyor, sokaklarda binlerce ecel atı koşuyor, kişneme sesleri birbirine karışıyor.

Sırtlarına aldıkları beyaz elbiseli süvarileriyle kayboluyorlar, gecenin karanlıklarında.

Mezarlıklar dolu.

Herkes birbirinin üzerine gömülüyor.

Gecenin karanlığında binlerce bebek beliriyor gözümün önünde.

Yalnızlar, yapayalnızlar...

Her birinin minik ağızlarında emzik, acılarını, yalnızlıklarını emiyorlar.

Bir bomba düşüyor üzerlerine, toz duman oluyor ortalık.

Az önce emzik emen dudaklara kan doluyor.

Toza beleniyor, kana beleniyor emzikler.

İnsanlar, durmadan sağa sola kaçışıyorlar.

Mezbahada kıstırılmış kurbanlıklar gibi bağrışıyorlar.

***

Kan ve şiddetin canlandırdığı anıların perdesine birden İlhan Bardakçı yansıyor.

Yüzü parlıyor gecenin karanlığında.

Gözleri gam dolu.

Yetmiş'li yıllar olmalı...

Ziyadesiyle zinde ve heyecanlı adımlarla yürüyor.

Yanında birisi daha var ama tanımıyorum.

Kudüs Kapalı Çarşısı'nda rüzgâr gibi dolanan entarili kahvecilerin ellerindeki askılara çarpmadan yürümeye çalışıyorlar.

Mir'ac mucizesinin soluklanıldığı ilk Kıble'mize doğru...

Kudüs'e doğru...

Hz Ömer'in, Salahaddin'in, Yavuz Selim'in Kudüsü'ne doğru.

"On iki bin şamdanlı avlu" dan geçiyorlar.

Yavuz Sultan Selim'in yatsı namazı kılarken on iki bin şamdan yaktırdığı avlu.

Yatsı namazını o şamdanların oynaşan ışıklarında kıldığı avlu.

O mukaddes Mescid'in bağdaş kurduğu ikinci avlusunda tunçtan heykel gibi duran bir adamla karşılaşıyorlar.

İki metreye yakın boy.

İskeletleşmiş vücudu üzerinde bir garip giysi.

Palto... Hayır. Kaput, pardesü veya kaftan? Değil. Öyle bir şey işte.

Başındaki kalpak mı, takke mi, fes mi? Hiçbiri değil.

Oraya dimdik, dinelmiş.

Yüzü, hasadı yeni kaldırılmış kıraç toprak gibi.

Yüz binlerce çizgi, kırışık ve kavruk bir deri kalıntısı. Yanına yaklaşarak "Selâmünaleyküm baba" diyorlar.

Adam, torbalanmış göz kapaklarının ardında sütrelenmiş gibi, jiletle çizilmişçesine donuk gözlerini aralıyor.

Yüzü geriliyor.

Bizim o canım Anadolu Türkçemizle; "Aleykümüsselâm evlatlar"

Hayretler içerisinde kalıyorlar. "Kimsin sen, baba? "

Kederden bir abide gibi duran adam konuşmaya başlıyor.

"O canım Devlet-i Aliye çökerken, biz Kudüs'ü 401 yıl 3 ay 6 günlük bir hakimiyetten sonra bıraktık. Günlerden 9 Aralık 1917 Pazar'dı.

Tutmaya imkân yok, ordu bozulmuş, çekiliyor.

Devlet, zevalin kapısında.

İngilizler girinceye kadar geçen zaman içinde Kudüs yağmalanmasın diye bir artçı bölük bıraktılar. Âdet odur ki kenti zabteden galipler, asayiş görevi yapan yenik ordu askerlerine esir muamelesi yapmazlar.

İşte ben, Kudüs'ü kaybettiğimiz gün buraya bırakılan artçı bölüğündenim..."

Sustu...

Sustu...

Sabahı olmayan gece kadar sustu.

Sonra, elindeki silahın namlusuna sürdüğü fişekleri ateşler gibi art ardına;

"Ben, o gün buraya bırakılmış 20. Kolordu, 36. Tabur, 8. Bölük, 11. Ağır Makinalı Tüfek Takım Komutanı Onbaşı Hasan'ım..."

Bir minare şerefesi gibi gergin omuzları üzerindeki başı, öpülesi sancak gibi.

İlhan Bey bu garip adamın eline sarılıyor, öpüyor, öpüyor...

Adam gürler gibi, haykırıyor:

"Sana bir emanetim var oğul. nice yıldır saklarım. Emaneti yerine teslim eden mi?"

"Elbette, buyur hele..".

"Memlekete döndüğünde yolun Tokat Sancağı'na düşerse... Git, burayı bana emanet eden kumandanım Kolağası (Önyüzbaşı) Musa Efendi'yi bul. Ellerinden benim için öpüver."

Sonra, kumandanı olduğu takımın makinalısı gibi gürlüyor:

"Ona de ki, gönül komasın.

Ona de ki, 11. makinalı takım Komutanı Iğdır'lı Onbaşı Hasan, o günden bu yana, bıraktığın yerde nöbetinin başındadır.

'Tekmilim tamamdır kumandanım'dedi, dersin..."

***

Aman Allah'ım! Neler duyuyordum. Öleyazdım.

Sonra yine dineldi.

Taş kesildi.

Bir kez daha baktım.

Kapalı gözleri ardından, dört bin yıllık Peygamber Ocağı ordumuzun serhat nöbetçisi gibiydi.

Ufukları gözlüyordu. nöbetinin başında idi.

Tam 57 yıl kendisini unutuşumuzdaki nadanlığımıza rağmen devletine küsmemişti.

Biz, sadece unuturduk.

Unuttuğumuz diğerleri gibi o nöbet noktasındaki elmas mânâyı da unutmuştuk...

***

Kendime geldiğimde siren sesleri, çocuk çığlıkları, kadın feryatları inletiyordu ortalığı. Döndüm baktım.

Koca şehir yanıyordu.

Gökten yağan fosfor bombaları yırtıyordu gecenin karanlık peçesini.

Hastaneler doluydu.

Bir bomba sesiyle bir hastane daha yerle bir oldu.

Kurtulan yaralılar, ellerinde serum şişeleriyle, tekerlekli sandalyelerle kaçıyordu.

Gördüklerimin rüya olmasını ne kadar da arzu ediyordum.

Çünkü gerçekte bunlar olamazdı. Gerçek bu vahşete dayanamazdı.

Kendimi çimdikledim.

Hayır rüya değildi gördüklerim. Gerçekti.

Yerden yükselen on iki bin şamdan yerine, gökten yağan bombalar aydınlatıyordu şehri.

Şamdanlar söndüğü gün, ığdırlı Hasan Onbaşıları unuttuğumuz gün başlamıştı bu çığlıklar.

Hala artarak devam ediyor.

Hala gecenin karanlıklarını yırtarak yükseliyor. Âlem-i İslam hâlâ en derin uykusunda.

Uyanık olsaydık olur muydu bu çığlıklar?

Sizin göz yaşlarınızı biz görmüyoruz.

Sizin çığlıklarınızı duymuyoruz.

Bizi affedin Gazze'li bebekler, sizi uyutan bombalar bizi uyandırmıyor.

Biz hayra yorulamayacak rüyalardayız. Biz derin uykulardayız.

Derin....

EDİRNE DÜŞER HANGİ YANA?

Kış, nesi var nesi yoksa almış gelmiş, sonbaharın son kalıntılarını da bütün mevzilerden söküp atıyordu.

Balkan soğukları, kışı iyiden iyiye kışkırtmıştı.

Tren vagonlarının sadece içi değil, üstü de balık istifiydi.

Donanlar, karların üzerine, raylara düşüyor, tren iki de bir duruyor ve ancak cesetler temizlendikten sonra yoluna devam edebiliyordu.

Dağ yolları, dereler, tepeler insan olmuş Edirne'ye doğru akıyordu.

Bir insan seli ki... Yüzlerce koldan gelerek bir nehir yatağında birleşen sular gibi serhat şehrimiz Edirne'den içeriye akıyordu.

Dudaklarda hep aynı söz;

"Ağla anam ağla

Edirne düşer hangi yana."

* * *

Günlerdir, Gazze yanıyor...Masum bebekler ölüyor...Mezbahada kıstırılmış koyunlar kuzular gibi meleşiyor, insanlar...

Çaresiz kadınların kucaklarındaki çocuklarla, ellerindeki kırık derik eşyalarla, beyaz bezleri bayrak yapıp sallayarak, Gazze'den korku içinde kaçışları; Balkanlardaki yüzbinlerin Edirne'ye doğru göçünü getirdi hayalime...

Devlet-i Aliyenin son yıllarıydı...

Koca Çınarın kalın ve kızıl yapraklarının, solgun sonbahar rüzgarlarında savrulduğu yıllar...

Altı asırdır âlemi aydınlatan güneş, gurup ediyordu.

Gül bahçelerine, bağlara, bostanlara, koyu gölgeler çöküyor, geride koyu kızıl karanlıklar kalıyordu.

Son kalan kalelerden uçurulan güvercinler, çelik kanatlarıyla süzülüyordu kızıl ufuklarda.

"Yardımınız gelecekse beyaz güvercini, gelemeyecekse siyah güvercini gönderin" diye yazılı mektupların, kırmızı ayaklarına bağlanarak; okşanarak, sevilerek, Besmele ile, Edirne canibine salınan güvercinler...

Fakat, ufuklarda hep o siyah güvercinlerin göründüğü günler. Balkanlar kaynıyordu...

Balkanlar yanıyordu...

Kapılar kırılmaya başladı mı feryatlar, iniltiler de başlar, anasından ayrılan kuzular gibi meleşirdi insanlar.

Tıpkı Gazze' de yaşananlar gibi...

Köylerde, kasabalarda önce erkekler , sonra da çocuklar ve kadınlar topluca öldürülürdü.

Her şey mahşer macerasıydı.

Çaresiz analar, "Anne! Bizi bırakma" diye yalvaran yavrularına; "Biraz sonra baban gelip seni alacak" diyerek bebeklerini bırakıp kaçıyorlardı.

Halbuki, o babalar çoktan şehit olmuştu. Nice şehit çocukları bırakıldı, Balkanlar'da. Tarih, en büyük göç hareketini yaşıyordu.

Yanıbaşındaki suyu bile alamayacak kadar yaralı, hasta, yaşlı insanlar kendi kaderlerine bırakılıyordu.

Bir çocuk, başucuna oturmuş ölmüş anasına su veriyordu.

Bir asker, ölü beygirine dayanmış can çekişiyordu.

Yollar kardı, kıştı...

Dizlerinde derman kalmayan kadınların dudaklarında hep aynı söz;

"Ağla anam ağla, Edirne düşer hangi yana"

Tarlalar boş, bağlar bakımsızdı. Onları işleyen kollar kopmuştu.

Perişan insanlar, yollardan, dağlardan, derelerden sel gibi Edirne'ye doğru akıyordu.

Yaşlılar, yaralılar yalvarıyordu;

"Ne olur bizi bırakmayın."

Balkan köylerindeki, kasabalarındaki o hülyalı günler, Eski Zağra, ılıca, Kızanlık ... şenlikleri yerini çığlıklara bırakmıştı.

En lüks fayton arabalarında bile rahatsız olan beyler, zarif hanımefendiler dağlarda, yollarda yük taşıyor araba çekiyorlardı.

İnsanlar evlerinden koparılıyor, aileler parçalanıyor, yürekler bölünüyordu.

O, güzel Rumeli kızları yanık sesleriyle;

"Yarim gurbet elde, ateşi bende

Vermişim gönlümü sendedir sende" diyerek Edirne'ye doğru koşuyor, koşuyordu

Silahı olmadığı için nice askerimiz, düşman askerine sarılıp birlikte atlıyordu, Balkanlar'daki uçurumlara.

Istıranca Dağları'nda hiçbir ağaç yoktur ki dalında bir askerimiz asılmamış olsun...

Gazi Osman Paşa'nın Plevne'sinde, ne askerin giyeceği çorap ne de yaraları saracak sargı bezi vardır.

Pantolonları parçalanan askerler kadınların şalvarlarını giyerler.

On yedi bin nüfuslu Plevne'de on bin yaralı vardır.

Her evden birkaç yaralı askerin iniltisi duyulur.

Şanı büyük Osman Paşa ordusuyla birlikte esir düşer.

Tarihin en büyük müdafaa savaşlarından birini yapan kahraman ordunun 30 bini karlıbuzlu esaret yollarında soğuktan, açlıktan, hastalıktan kırılır.

Esir değişiminde sadece 12 bin kadarı ülkesine dönebilir.

Balkanlarda göç vardır...

Yollarda, perişan çocuklar, kadınlar vardır...

Yollarda başlarında esir kumandanlarıyla birlikte esarete yürüyen kahraman askerler vardır.

"Bir dilim ekmek, ne olur bir dilim ekmek" diyen askerler...

Ekmek yerine süngü yiyen, kurşun yiyen askerler... Çoğunun ayakları çıplak, elbiseleri lime limedir.

Altı asır göklerde görülen Devlet-i Aliye güneşi, derelerden, dağlardan, vadilerden çekilmektedir.

Kalelerde dalgalanan bayraklar bir bir inmektedir.

İstanbul, yatağından başını zor doğrultan bir hasta gibidir.

Osmancık can çekişmektedir.

93 Harbi, Tuna'nın hep öte yakasında yaptığımız savaşları bu yakaya taşımış ve bir iç şehir olan Edirne'yi serhat şehri haline getirmiştir.

1912'nin sonbaharında son serhat şehrimiz Edirne de kuşatılır.

Edirne Müdafii Şükrü Paşa, savaş öncesi yazar vasiyetini; "Düşman, hatlarımızı geçtikten sonra ölürsem, kendimi şehit kabul etmiyorum; beni mezara koymayın.

Etimi köpekler ve kuşlar çeke çeke yesinler.

Fakat müdafaa hattımız bozulmadan ölürsem, kefenim, lifim, sabunum çantamdadır. Beni buraya gömünüz"

Şarkın soylu evladı Şükrü Paşa'nın, değil askerlerin, soylu

atların bile açlıktan ve soğuktan ölümünü, esaret dönüşü evlatla-
rına anlatırken; gözyaşlarını tutamadığını zarif bir Osmanlı hanı-
mefendisi olan sevgili torunu, Sevgi Edirne Kutlukan'ın, bana da
gönderme lutfunda bulunduğu, "Edirne Müdafii Mehmet Şükrü
Paşa" kitabından öğreniyoruz.

Soğuk bir Mart sabahının ilk ışıkları Selimiye'nin kubbe-
lerine vururken, Edirne kalesinde beyaz bayrak dalgalanmaya
başlar.

Selimiye karanlıklara gömülmüş, evlerden sokaklardan im-
dat sesleri yükselmektedir.

Düşman açık morga girer gibi girer Edirne'ye.

Değil siviller, askerlerimiz bile açlıktan yerlere yatmış, "ne
olur bir dilim ekmek" diye yalvarmaktadır.

İstanbul'un demir kilidi kırılmıştır. Yollarda yine göç vardır.

"Söyle anam söyle, İstanbul düşer hangi yana"

İşte, çaresiz insanların Gazze'den kaçışını görünce, Balkan-
lardaki bu hazin göç düştü hayalime.

Gazze tam bir kuşatma altında.

Evler yıkılıyor, kapılar kırılıyor, çığlıklar yükseliyor...

Keşke insanlar kaçabilseler ama ona bile izin yok.

Mezbahada kıstırılmış kurbanlıklar gibi...

Gazze'deki insanların, koyun-kuzular gibi meleştiğini gör-
dükçe Hz. Ömer dönemindeki bir hadiseye gidiyor hayalim.

Sahrada sürülerini otlatan çobanın koyunlarına bir gün kurt
saldırır. Çoban;

"Vallahi Ömer öldü" diye bağırır.

"Nereden biliyorsun Ömer'in öldüğünü?"

"Ömer hayatta iken kurtlar sürülere saldırmıyordu" der. Os-
mancığın öldüğünü bugün daha derinden hissediyoruz.

Ah Osmancık ah..!

Senden sonra, insanlık can çekişiyor.

Senin döneminde kurtlar bu kadar pervasızca saldırmıyordu sürülere.

Daha Abdülhamit dönemi gibi yaralı bir dönemde bile, sen kaşlarını çatınca; Fransa, Peygamberimiz (a.s) aleyhindeki oyunu kaldırıyordu sahneden.

Ya şimdi...

Gazze yanıyor...

Gazze ağlıyor...

Gazze zorda...

Gazze açık bir morg gibi.

Kadınlar , kucaklarında korkudan gözleri büyümüş yavrularıyla yine yollarda...

Herkes yine birbirine soruyor;

"Söyle anam söyle, Edirne düşer hangi yana"

ONU SİZ SUSTURDUNUZ

Ay ışığının olmadığı zifiri karanlık gecelerde bir ses yükselirdi Gelibolu sırtlarından...

Yanık bir ses...

Tek-tük tüfek atışları durunca, sükûna gömülen gecede hüzünlerle, ayrılıklarla besili bir ses ...

Günün bağrında kızmış çölden daha yanık, uçan kuşlardan, akan sulardan daha özgür...

Dert çekenler oldukça susmayacak olan bir ses...

Anadolu insanı kadar güzel, Anadolu insanı kadar hüzünlü bir ses... "Çanakkale, sende vurdular beni

Ölmeden toprağa koydular beni"

Bu ses, her gece, hüzne bulanmış bir rüzgar gibi vadilere, tepelere yayılır, Boğaz'ın kanlı lacivert sularına karışırdı.

Akşama kadar savaşmaktan bîtab düşen askerler, gecenin karanlığında "yürek kesilirdi", bu yanık sese.

Düşman askerleri bile yakın siperlere yığılır, yürekten söyleyen bu yiğidi dinlerdi.

Onların da yolunu gözleyen yuvaları, yavruları vardı.

Gecenin karanlığında eriyip giden bu güzel, bu berrak ses kimindi?

Acılarla, korkularla, iniltilerle dolu savaş alanını inleten bu yiğit kimdi?

Bir türkü bu kadar mı içten, bu kadar mı hisli söylenirdi?

Kan kokan, barut kokan, vadiler, tepeler nasılda içerdi bu sesi?

Mehmetçiğin sadece düşmanla değil, sinek ordularıyla, yokluk, salgın hastalıklarla, açlıkla savaşmak zorunda kaldığı Gelibolu tepelerinde yankılanan bu ses, ta Anadolu'nun evlerinde; mum ışığında, kandil ışığında cephedeki evlatlarına elbise diken, çorap ören anaların, bacıların yüreğine ulaşırdı.

Bu ses, kazma, kürek gibi en basit malzemeleri bile düşmana gece baskınları düzenleyerek temin eden, kum torbalarından elbise yaparak giyen, yalınayak, yarı aç, yarı tok savaşan askerler arasında buruk bir esinti gibi dolaşırdı.

Bu ses, geceleri siperlerde örtüsüz yatan, sargı bezi bulamadığı için yedeği olmayan gömleğini yırtıp yarasını saran, sadece zeytini üç kere de yeme değil, aynı zamanda bir mermi ile iki düşman öldürme talimatı alan askerler arasında hüzünlü bir meltem gibi gezinirdi.

Öyle gür, öyle içli, öyle dokunaklı bir ses ki, düşman askerleri bile bu sesi dinlemeye doyamazdı.

Köyündeki nergislerin, hanımelilerin, sarmaşık güllerinin, kır çiçeklerinin bayıltan kokuları karışırdı hüzne belenmiş bu sese.

Ağır topçu ateşiyle çöken siperlerinin altında kalıp da sağ kurtulabilen Mehmetçikler, kabrinde dirilen ölüler gibi üstleri başları toz toprak içersinde doğrularak bu yanık sesi dinlerdi.

"Çanakkale, sende vurdular beni
Sevgilinin çevresiyle sardılar beni
Ölmeden toprağa koydular beni"

Bu efsunlu sesi, 217 kiloluk top mermisini kemikleri çatırdayarak namluya süren Seyyid Onbaşı da dinlerdi...

Seyyid Onbaşı'yla birlikte "Ocean Zırhlısı"nın batışını seyrettikten sonra gözleri kör olan; sonra da bir ağacın gövdesine sırtını yaslamış dinlenirken, komutanın;

"Gözlerine ne oldu oğlum?" sorusuna; "Üzülmeyin komutanım ben göreceğimi gördüm" diyen asker de dinlerdi.

Fransız Bouvet Zırhlısı'nı ağır yaraladıktan sonra kendisi de iki ayağını kaybeden ve sedye ile sargı yerine getirilip yarası sarılırken, Bouvet batıyor dediklerinde;

"Beni top başına çıkarın" diyerek, Bouvet'in batışını, Boğazın kan kırmızı lacivert sularında göz yumuşunu seyrettikten sonra kendisi de gözlerini bu dünyaya yuman Cideli Mahmut da dinlerdi.

Okullarının son sınıfları mezun vermeyen liseli taze yiğitler de dinlerdi...

"Öleni ölüyor... Üç dakikaya kadar öleceğini bildiği halde, en ufak bir çekinme bile göstermeyen, sarsılmayan; bilenlerin elinde Kur'an, bilmeyenlerin dilinde Kelime-i Şahadet, Cennete girmeye hazırlanan" koç yiğitler de dinlerdi.

Hücuma kalkmadan önce siperlerde birbirleri ile helalleşen, sevdiklerinin yemenilerini boyunlarına dolayarak şimşek hızıyla düşman üzerine koşan kahramanlar da dinlerdi...

Sağ kolu omuzu başından, sol ayağı ta kalçadan kopmuş , başı, gözü kanlı sargıdan görünmeyen yaralı yiğitler de dinlerdi.

Ve taze bedenleri, papatyaların, gelinciklerin üstlerine düşen "On Beşliler" de dinlerdi.

Anasının, "vatana kurbandır" diyerek saçlarını kınalayıp Çanakkale'ye gönderdiği Kınalı Murat, Mehmetçiğin susuzluk ateşini söndüreceğim derken düşmana esir düşen Saka Hüseyin de dinlerdi.

Gelibolu bayırındaki mütevazi mezarının başucundaki beyaz mermer taşında;

"Bir kahraman takım ve de Yahya Çavuştular
Üç alayla burada gönülden vuruştular
Düşman tümen sanırdı bu şahane erleri
Allah'ı arzu ettiler akşama kavuştular." diye yazılı, Yahya Çavuş ve arkadaşları da dinlerdi.

Siperler arasında "beni kurtarın" diye bağıran İngiliz yüzbaşısını, yağan mermi sağanağına aldırmaksızın, siperinden fırlayarak kucağına alıp, kendi siperlerine iade eden, yardım isteyen düşmanı bile olsa canı bahasına koşan yiğit Mehmet de dinlerdi.

Kendi yarasına ot basıp, gömleğini yırtarak Fransız askerinin yarasını saran; Fransız komutan niye böyle yaptığını sorunca da;

"Yanıma yuvarlandığında cebinden yaşlı bir kadın fotoğrafı çıkardı ve bakıp bakıp ağladı, anası olduğunu anladım, istedim ki o anasına ben de Rabbime kavuşayım." diyen, kalbinde düşmanına bile kin barındırmayan, savaşta bile insanlığın ne olduğunu bütün dünyaya gösteren yüreği sevgi dolu Mehmetçik de dinlerdi.

Denizdeki gezginci kalelerinden devamlı salvo ateşleri yapan, top mermilerinin patlamasıyla göklere savrulan gövdelerle yerde garip gölge oyunları oluşturan, Çanakkale'yi cehenneme çeviren düşman askerleri de dinlerdi.

Denizden, karadan ve gökten yağan ateşe rağmen siperlerini asla terk etmeyen yiğitler de dinlerdi.

Kınından çekilmiş kılıcıyla koşarken, denizden gelen bir şarapnel mermisiyle göklere savrulan kahraman komutan ve askerleri de dinlerdi.

Ağustos'un kan kırmızı sıcağında Gelibolu sırtlarında kanlı elbiselerle kılınan Bayram namazında, askerlerimizin tekbir seslerine, düşman saflarından "Allahü Ekber" diyerek cevap veren ve kimlerle savaştığını fark eden, İngiliz sömürgesinin Müslüman askerleri de dinlerdi.

"Bayram gelmiş neyime
Kan damlar yüreğime" diyen yiğitler de dinlerdi.

"Ben anamdan İsmail doğmuşum" diyen herkes dinlerdi. Mehmet diyerek batan güneşler, Mehmet diyerek doğan mehtap dinlerdi.

Gelibolu'da sessizce nöbet tutan ağaçlar dinlerdi.

Siperlerimiz bir bir geçilirken, Binbaşı lütfi Bey'in "Yetiş ya Muhammed kitabın gidiyor!" feryadı karşısında;

"Ben adımı taşıyan yiğitlerimin yardımına gidiyorum" diyen Güllerin Efendisi'yle (s.a.v) birlikte Gelibolu'nun üzerine üşüşmüş melekler dinlerdi.

Düşman askerleri bile yakın siperlere yığılır, yürekten söyleyen bu yiğidi dinlerdi.

Bir akşam yine vakit gelmişti.

Yine o güzel sesi dinleyeceklerdi.

Dost, düşman siperlere yığılmıştı. Az sonra ruhları kavrayan, yürekleri yakan o ses yine yükselecek, dinleyenlere yuvalarının, yavruların özlemini duyuracaktı..

Yine herkesi alıp alıp götürecekti...

Yine gecenin karanlığında beyaz güvercinler gibi kanatlanacaktı kanlı tepelerden...

Vakit gelmişti ama o ses bir türlü duyulmuyordu.

İkinci, üçüncü, dördüncü akşam...

O yanık ses hiç duyulmadı. Hiç...

O ses neden susmuştu? Terhis mi olmuştu?

Yuvasına, yavrusuna mı kavuşmuştu?

Düşman askerleri karar verdiler durumu öğrenmeye;

Türkçe bilen bir savaş muhabirine, "o ses niye sustu?" diye, yazdırdılar.

Bir taşa sarıp Türk siperlerine fırlattılar.

Bir süre sonra o kağıt, içindeki taşla birlikte geri atıldı.

Okuyan arkadaşlarının yüzü bir anda hüzünden buruştu.

Kağıtta yazılanlar karşısında hepsi siperlerinde donup kaldılar;

"O arkadaşımızı siz susturdunuz."

SARIKAMIŞ: BEYAZ ÖLÜM ÜLKESİ

Kar, uzun hava ağıt gibi...

1914 aralığının son günleri...

Sarıkamış, düşman elinde rehin nazlı bir sevgili...

Talebe hocasını azarlar: "Hatalı davrandınız! Basiretli olamadınız! Rus ordusu burada yok edilmeliydi. Şimdi hemen harekete geçip, Rus ordusunu Sarıkamış'ta yok edeceksiniz!"

Cephelerin ve harp okulunun emektar komutanı Hasan ızzet Paşa, küstahlaşan örgencisine pervasızca cevap verir: "Olmaz! Karakış başlamıştır. Bu şartlar altında, bu mevsimde harekât bir faciaya dönüşebilir. Kış şiddetini kaybetsin, yollar açılsın, düşmana haddini bildiririz."

Her verdiği emrin hemen yerine getirilmesine alışkın 34 yaşındaki Enver Paşa, asabileşir: "Eğer hocam olmasaydınız, sizi idam ettirirdim!"

Hasan İzzzet Paşa istifa eder.

Enver Paşa kararından vazgeçmez ve Trabzon'dan Sarıkamış'a bir ölüm yürüyüşü başlar.

Yolda katılımlar olur. Yer gök beyaz...

Dağlar, dereler, şelaleler, ağaçlar, yollar...

Rüzgar vefasız bir sevgiliyi arar gibi çığlık çığlığa oradan oraya koşmaktadır.

125 bin vatan evladı kış kıyamette paltosuz, postalsız; gömlekle, çarıkla beyaz bir cehennemî tipinin ortasına sürülür.

Bir kısmı Yemen cephesinden yazlık elbiselerle gelmiştir. Az sayıda askerin kaputu vardır.

Yırtık potinler, delik çarıklar, yenmiş ökçeler, düşmüş topuklar...

Pantolon üzerinden dizlere doğru çekilmiş beyaz yün çoraplarla yine intizam içinde inip kalkan ayaklar...

Erler hiç bir acı, hiç bir ağrı hissetmeden sadece yürüyordu.

Ancak hissizliklik yürüdükçe artıyor, ayağın tümünü sarıyor, bileğe gelince de karların üzerine düşüyorlardı.

Bir süre dinlenip yollarına devam etmek istiyorlardı ama dört ayağı birden kesilmiş küheylan gibi çöküp öylece kalakalıyorlardı.

Koca ordu soğuktan hastalıktan yollarda an be an erimekte, Sarıkamış namahrem eline düşmüş nazlı bir sevgili gibi orada beklemektedir.

Sıradan bir anı olacaktır, karların üzerine düşen askerin, arkadaşına yalvarışı, "Ne olur beni bırakma!" ama kimsenin kimseye yardım edecek takati yoktur.

Bir Mehmedin bir başka Mehmedi sırtlaması Allahüekber dağları kadar bir yüktür.

Yollar donuklarla doludur.

Ovalar vadiler, dağlar, açık morg gibi...

Bir kemik kadar sert tayınları ısırırken askerin dişleri düşer.

Açlığa karşı bir direnç yolu hayvanların yem torbalarından çalınan arpadır.

Gecenin ayazında kemikleşen çarıklar bir mengene gibi sıkmaktadır ayakları...

Bazı askerler donmamak için atların torbalarını başlarına geçirirler.

Bu defa da ayaklar donar. Ah bir güneşi görselerdi!

Yollar yollara, dağlar dağlara ulanıyor bir türlü bitmek bilmiyordu bu ölüm yürüyüşü...

Bıkkınlık, bezginlik, hastalık had safhadadır.

Titreyen üşüyen sadece dağlardaki Mehmetçikler değildi.

Analar, babalar, sevgililer, Anadolu, gökte yıldızlar, velhasıl bütün bir kainat üşüyor, titriyordu.

Kar her şeyi örtüyordu;

Kanı, gözyaşını, anıları, cesetleri, ağaçları, yolları. Bir tek anaların acısını örtemiyordu.

Köylerinin girişlerinde, köşe başlarında, başlarını bastonlarına dayamış evlatlarını düşünen, kınalı kuzularını gözleyen anaların gönlündeki acıyı...

Mehmetçik gece gündüz yürüyordu. Allahüekber dağlarına kadar gelmişlerdi. Gece istirahat verildi.

Demek ki ertesi gün şafakla birlikte Sarıkamış'taydılar.

Şafakla birlikte Allahüekber dağlarından uçuşan "Allahüekber" sesleri yeri göğü inletecekti.

Nazlı bir sevgili gibi duruyordu Sarıkamış az ilerde.

İnsanın içini ürperten siyah bulutlar vahşi dağların üzerine çökmüştü.

Rüzgar vadilerdeki beyaz sırtlardan aldığı kar tozlarını yamaçlara, tepelere doğru savuruyor, göz gözü görmüyordu.

Yer yer iki insan boyunu bulan karın içinde, yalın ayak, başı kabak, kaputsuz, ceketsiz , istikbalsiz gençler...

Her yanları her eklemleri yorgunluktan soğuktan ağrımaktadır.

Sakallar uzamış, avurtlar açlıktan çökmüştür.

Bazıları ağaç altına, bazıları ağaçların dalları üstüne, bazıları da kayaların kuytu kesimlerine sığınmış birbirlerine sokulmuş vaziyette sabahı beklediler.

Subaylar, "uyumayın, uyuyan arkadaşlarınızı uyandırın" diye bağırıp duruyorlardı.

Ama nafile ...

Titremeleri her geçen dakika artıyordu.

Akşamla birlikte iyice azan ayaz kemiklerine değin işliyordu. "Rus topçusunun karlı dağları ateşe, zindana çeviren gülleleri de rahat durmuyordu. Karla birlikte uçuşan kolları, bacakları, onlarla beraber gökten yağan kanları; Allahüekber Dağları'nın doruklarında fırtınaya, boraya tutulup donan, taş kesilen, donmuş kirpikleri, kaşları, donmuş gözleri ile bakan on binlerce asker..."

Rus topçusunun ateşinden önce beyaz ateş yakıyordu.

Umutlar, her geçen dakika, kar kristalleri gibi üşüyen yüreklerinde eriyordu.

Ilık ve tatlı bir uykuya dalar gibi üçerli beşerli bir beyaz ölümün koynuna dalıyordu, Mehmetçikler.

Rüzgâr deli gibi esiyor, dağlar hazin türkülerini, ay ışığında yıkanarak ölüm uykusuna uzanıveren kınalı kuzulara dinletiyordu.

Sabah olduğunda yuvasız kuşlar gibi dalların üzerine tünemiş askerleri uyandırmak için ağaçları silkelediklerinde kuş yavruları gibi sapır sapır yere düştüler.

Hepsi donmuştu.

Acı gerçek ortaya çıkıyordu.

Tam doksan bin şehit.

Doksan bin kınalı kuzu, bir daha köylerine dönemediler.

Bir daha; "Ana ben geldim" diyemediler.

Binlerce beyaz ölüm meleği, yanlarına aldıkları şehitlerle, hazansız bir bahar ülkesine sürüyorlardı, beyaz atlarını.

Ölmek, köyünden, kasabasından, anasından, babasından çocuklarından çok uzak diyarlarda ölmek!

Bir haber veremeden, bir satır mektup yazamadan, sevdikleriyle helalleşemeden, "Babacığım! yüzünü bile görmek nasib olmayan yavrum, önce Allah'a sonra sana emanet "diyemeden, ölmek...

O yıl dağlarda kurtlar insan etine doydu.

Gece, yerini sabah ışıklarına terk ettiği zaman Rus Kurmay Başkanı Pietroviç şaşkınlık içinde önce ateş emri vermiş, sonra eline almıştır dürbününü;

"İlk sırada diz çökmüş beş kahraman...

Omuz çukurlarında yuvalanmış mavzerleri ile nişan almışlar. Tetiğe asılmak üzereler.

Asılamamışlar.

Kaput yakaları Allah'ın rahmetini o civan delikanlıların vücuduna akıtmak istercesine semaya dikilmiş kaskatı.

Hele bıyıkları, hele bıyık ve sakalları... Her biri birer fetih oku misali dimdik.

Ve gözleri...

İkinci sırada bir manzara ki hiçbir heykeltıraş eşini yapmaya muvaffak olamamış.

Başları korkutucu katılıkta semaya dönük, bilekleri üzerinde kümelenen kara rağmen güçlerini dile getiren, sağrılarındaki fişek sandıklarını debelenip yere atmaya tenezzül etmemiş iki katırın başındaki altı esatir güzeli Mehmet... Sandıkları bir avuçlamışlar ki kâinatı biz o hırsla avuçlayıvermişizdir.

Öylesine kaskatı kesilmişler.

Ve sağ başta Binbaşı Mustafa nihat... Ayakta.

Yarabbi, bu bir ayakta duruştur ki düşmanı da kindarı da melunu da Allah'a sığındıkları çaresizlik içinde yere çökertiş velvelesi halinde...

Belinde fişekliklerinin o kurban olunası çıkıntılarını örtüp yok etmeye gece düşen tipi bile razı olmamış. Boynundaki dürbünü sol eli ile kavramış, havada kalmış, kale sancağı gibi.

Diğer eli, belli ki semaya kalkıp rahmet dilerken öylesine donmuş. Hayrettir başı açık. Gür, kara saçları beyaza bulanmış..."

"Allahuekber dağları'ndaki son Türk müfrezesini teslim alamadım. Bizden çok evvel Allah'larına teslim olmuşlardı."

(24.12.1914)

Şimdi, sevdiklerimizle sıcak evlerimizde oturuşumuzu kendilerine borçlu olduğumuz Beyaz Ölüm Ülkesinin kar çiçeklerine Fatihalar uçurma vaktidir.

YEMEN'E GİDEN DÖNERSE: "ANA BİZ DİLENCİ DEĞİLİZ"

Kasaba, seslerden, canlılıktan arınmış kabuğuna çekilmişti.

En küçük bir rüzgarla kızılın her rengine bürünmüş yapraklar dallarından savrularak, yerdeki ıslak yığınların arasına karışıyor, cansızlığın içindeki tek tük hareketler bile fanilik diye haykırıyordu.

Anadolu'nun her evinin bacasından duman duman yürek dolusu acılar, her yöreden ağıt ağıt Yemen türküleri yükseliyordu.

"Mızıka çalındı düğün mü sandın,
Al yeşil bayrağı gelin mi sandın,
Yemen'e gideni gelir mi sandın?"

Siyah başörtüsünün sarmaladığı yaşlı bir kadın, evinin önündeki samanlığın merdivenine oturmuş, güneşin solgun turuncu ışıklarında hem sırtını ısıtıyor hem de yün eğiriyordu.

Yemen'e gönderdiği iki yiğidini düşünüyor, gelinler, torunlar geçiyordu hayalinden.

Yolun taşlarına yayılıp giden bir koltuk değneği tıkırtısını duyunca başını çevirip yola doğru bakar. Pis partallar içinde; biri kör diğeri topal iki kişinin kendine doğru gelmekte olduğunu fark eder. "Ev sahibi burada değil" diye seslenir.

***

Birinci Cihan Harbi yılları...

Yemen, ateşi gittikçe yükselen bir cehennem gibidir.

Kahraman Yedinci Kolordumuz, sadece asilerle ya da İtilaf Devletlerinin son derece donanımlı askerleriyle değil, aynı zamanda kızgın çöl, açlık, susuzluk ve çıra gibi yakan karasu humması ile savaşmaktadır.

Askerler, sapır sapır dökülüyor, çölde toplu mezarlar açılıyor, birçok Mehmetçik ıssız çölde aynı mezarı paylaşıyordu.

Ana kucağından, baba ocağından, sevdiklerinden uzak, kızgın çöllerde can vermekti onların kaderi ama öncesi de vardı, ölümden acısı ölüme götüren yoldaydı...

Çölün kendine has maceraları vardı.

Bazen, kıyameti andıran çöl fırtınaları, bazen insanı kuşatan bir sessizlik...

Bazen, güneşin aleviyle tutuşan kızgın bir fırın olurdu çöl.

Bazen de ansızın kumdan çıkıveren zehirli bir haşerat ve yerde kıvranarak can veren bir Mehmetçik...

Hele mataralarda suların tükendiği dakikalarda, diller, ağızlarda bir alev topu gibi değdiği her yeri yakar.

Velhasıl çöl sinsidir, ölüm her an pusudadır.

Çöl bitince bu defa da sarp yokuşlar, uçurumlar başlar.

Çöllerde, sarp yokuşlarda, insanların değil atların bile çilesine can dayanmaz.

İngilizlerin kışkırttıkları asilerin bastıkları, köylerden kasabalardan, şehirlerden yükselen feryatlara koşar, Mehmetçikler.

O gencecik yiğit delikanlıların esmer yüzleri uzamış, avurtları çökmüş, çeneleri sivrilmiş, gözleri çukurlara kaçmış, bakışları ölgünleşmiştir.

İşgal edilen şehirlerdeki, kasabalardaki sivil halkın, kadınların, çocukların çilesine ise, can dayanacak gibi değildir.

Aylardan beri kadın erkek, çoluk çocuk, fundalıklarda, vadilerde, tepelerde çığlık atan rüzgârlarda titremekte, yağmurları iliklerinde hissetmektedirler.

Kir pas içinde yoğrulan, bu zavallılar, adeta insanlıktan çıkmış, üzerlerindeki ıslak elbiseleri güneşte kurutmaktadırlar.

Ölenlerin definleri, ölümleri kadar acıklıdır, ne kefenleri vardır, ne de bir tahtaları. Düşmana taarruz öncesi yaşananlarsa pek yürek yakıcıdır.

Herkes birbirleri ile helalleşir, köyünü, annesini, sevgilisini, yavrusunu, yavuklusunu bir kere daha anar, uzun menzilli toplar birden gürlemeye başlayınca da "Allah Allah!" nidalarıyla siperlerinden fırlar.

Mehtaplı gecelerde savaş sabaha değin sürdüğünden, askerler, gece dinlenebilmek için, bulutlu ve mehtapsız geceleri sever.

Bir fundalık, bir ağaç gövdesi bulup dinlenmek büyük nimettir.

Ne acıdır ki, Yemen'in ölüm kusan çöllerindeki bunca kahramanlık, bunca fedakârlığa rağmen, İstanbul Hükümeti'nin imzalamak zorunda kaldığı Mondros Mütarekesiyle, bütün kıt'alarda olduğu gibi Yemen'deki birliklerimiz de silahları ile İtilaf Devletleri'ne teslim edilir.

Böylece Yavuz'un Osmanlı topraklarına kattığı Yemen, 401 yıl sonra elimizden çıkar.

Üç yüz binden fazla şehidimiz, kızgın çöllerde, volkan artığı yalçın kayalıklarda kalır.

Ilgın ılgın akan kanları karışır kızgın kumlara.

Geride kalan hasta, yaralı, kör, topal, sakat ne varsa hepsi dahil olmak üzere bütün gazilerimiz Mısırdaki esir kamplarına götürülür.

Bir milyona yakın Mehmetçiğin yavruları yetim, eşleri dul, anaları elleri böğründe kalır.

Uzun kış gecelerinde, Anadolu'nun evlerinden sevgililerin yanık sesleri yükselir;

"Gece bir ses geldi derinden derinden
Beni mi çağırdı Yemen çöllerinden,"
Anadolu koca bir göz olur, ağlar.

✳✳✳

M. Niyazi Özdemir'in dediği gibi, "Bir milletin ölüsü bir toprağı vatan kılmaya kafi gelseydi Yemen'in vatan toprağı olduğundan kim şüphe edebilirdi. Eğer bir çöl kan ve gözyaşı ile dirilseydi, Yemen Çölü şimdiye kadar çoktan bağlık bahçelik olurdu."

Ne hazindir ki; şimdi o ıssız vadilerde, engin çöllerde ne mezar taşları, ne de ziyaretçileri var...

Bir çok aile cepheye gönderdikleri çocuklarından bir daha haber bile alamadı .

Geri dönenlerse sokakta oynarken bıraktığı oğlunu koskoca delikanlı, kızını gelinlik çağa gelmiş bulurdu.

Yemen'den geri gelen pek az insandan birisi de Konya Kadınhanı'dan Adil ve ağabeyi Hüseyindi.

Adil, esirlerler arasında Mısır kampına getirilmişti.

Kampta, kolunu, bacağını kaybetmiş esir gaziler olmakla birlikte en çok kör olmuş gaziler vardı. Baraka kapılarında, ağaç altlarında öylece oturup, dururlar ve gelip geçen seslere kulak kabartırlar, yemekhaneye veya tuvalete gidecekleri zaman birbirlerinin omzuna tutunarak sıra sıra yürüyüşlerine can dayanmıyordu.

Bir gün, Adil, öğle namazı için mescide doğru giderken, kör bir adamın;

"Konyalı var mı? Konyalı" diye seslendiğini duyar.

Adil, yanına yaklaşarak, "Ben Konyalıyım" der.

Dikkat kesilen körün kaşları gerilir.

"Neredensin?"

"Kadınhanı"

Körün yüzü alabora olur, ağzından bir hayret çığlığı çıkar. "Adil misin, Adil misin?"

"Sen... Hüseyin Ağabey... Sen misin?" Ağlaşarak birbirlerine sarılırlar.

"Ne oldu gözlerine?"

"İngilizler Sina çölünde hardal gazı kullandılar, bütün taburun gözleri kör oldu, buna da şükür, dünya da seninle bir daha kavuştum ya, gözlerimiz kör olunca esir düştük o kamptan o kampa... Senin de değneğin var?!"

"Top mermisi sağ ayağımı alıp götürdü."

Kader, köylerinden ayrılalı on yıl olan bu iki kardeşi esir kampında kavuşturmuştu.

İki kardeşin bir birine dayanarak yürüyüşleri, herkesin rikkatine dokunur. Adil, ağabeyinin çamaşırlarını yıkar, ihtiyaçlarını görür.

Uzun esaret günlerinde üçte ikisi işkenceden, açlıktan, hastalıktan telef olsa da sağ kalabilenler esir değişimiyle serbest bırakılır.

Adil, ağabeyi Hüseyin'le birlikte vapurla İzmir'e gelir.

O günlerde İzmir işgal altındadır. Anadolu topraklarına, Yunan askerlerine esirlik belgelerini göstererek ayak basarlar.

Hüseyin Adil'in kolunu hiç bırakmaz.

Basmane Gar'ına gelerek Kadınhanı'ndan geçecek trene binerler. Vagonlar ana baba günüdür. Kompartımanlar, koridorlar, tuvalet önleri esaretten dönen, kolunu, bacağını, gözünü kaybetmiş perişan sefil askerlerle doludur.

Kadınhanı İstasyonu'nda inerler.

Beraber geçirdikleri çocukluk günleri, buğday anızlarında, hayvanların peşinde şen şakrak koştukları güzel günler gözlerinin önündedir.

Ellerinde hiçbir eşyaları yoktur. Kasabanın sokaklarını geçerken hiç kimse tanımaz onları. Herkes bir acıma hissiyle seyreder, sadece.

Evlerinin önüne geldiklerinde; Adil, samanlığın merdivenlerine oturmakta olan anasını, görür.

Siyah başörtüsünün sarmaladığı yüzünün çizgileri derinleşmiş, yanakları çökmüştür.

İyice solmuş, renk atmış olsa da anasının üzerindeki elbiseyi tanır.

Anası, başını çevirince, gördüğü şey, pis partallar içinde biri kör, diğeri değneğinin yardımıyla yürüyebilen topal iki adamın, kendine doğru geldiğidir...

"Ev sahibi burada değil" diye seslenir.

Kıtlık yılları olduğundan, köyler kasabalar dilenci doludur.

Hüseyin, anasının sesini tanır.

Analarının sesini hiç duymamış gibi, yürürler.

"Ne arsız adamlarsınız, ev sahibi yok, diyorum başka kapıya gidin," diyerek başını eğirdiği ipe indirir.

Hüseyin kendini tutamaz, kör gözlerinden iri yaşalar fırlarken, sesi, kasabanın sessizliğinde bir feryat gibi yankılanır;

"Ana biz dilenci değiliz, senin oğullarınız..."

RODOS: ESKİ BİR OSMANLI

Gözlerim, güneş ışıklarının, sonsuz maviyle dansını seyrederken, bindiğim gemi sahilden gittikçe uzaklaşıyor.

Rodos, Ege ile Akdeniz sularının buluştuğu noktada bir yunus balığı gibi öylece duruyor.

Önce, buğulu ufuklarda dalga dalga genişleyen dağlar, sonra sıra sıra dizilmiş beyaz badanalı Rodos evleri, yavaş yavaş siliniyor gözlerimin önünden

Cemaat bekleyip duran mabetler ve ezan sesine susamış minarelerse, hiç silinmiyor. Yeni vefat etmiş bir insanın, çalışma masasında bilgisayarı, gözlüğü, kütüphanesinde kitapları , gardırobunda elbiseleri, hatta sürekli çalıştığı sandalyede asılı yeleği öylece durur ya;

İşte Rodos da Osmanlı hatırası aynen öyle; daha dün gitmiş gibi.

***

Diyalog Avrasya Platformu'nun da destek verdiği "Rodos Forumu"na katılmak için Rodos'a gitmeye karar verdiğimizde, yol konusunda tecrübeli olan değerli dostum Cemal Uşşak Bey; Atina üzerinden değil de, Marmaris'ten gemiyle geçmenin daha pratik olduğunu söylüyor.

Bir gün batımında varıyoruz, Marmaris'e. Rodos gemisi sabahları kalktığından geceyi Marmariste geçirmek mecburiyetindeyiz.

Marmaris'te ilk uğrak yerimiz, Sarı Ana'nın türbesi oluyor. Kanuni de 1522 yılında Rodos seferine çıktığında , maneviyatıyla tanınan Sarı Ana'yı ziyaret edip, yapacağı sefer hakkında nasihat ister.

Armutalan Mahallesi'nde konaklayan askerlerden, halkın meyvelerini izinsiz alanları götürmediğin takdirde, zafer senindir," der, Sarı Ana.

Kanunî, halkın meyvelerini çaldığı tespit edilen üç askeri ordudan ayırarak Rodos'a devam eder.

Ve fetih müyesser olur.

Kanunî, sefer dönüşünde Sarı Ana'yı tekrar ziyaret etmek isterse de, nasib olmaz.

Sarı Ana sonsuzluğun Sahibine yürümüştür. Mezarı üzerine türbe yaptırır.

Gün, Ege'nin mavi sularında, denize dik inen dağlarında ışırken biz de Rodos'a doğru hareket ediyoruz.

Yarım saat kadar, sağımızda dağlar, solumuzda adaların heybetli bakışları arasında yol aldıktan sonra, süt mavisi sonsuz bir okyanusla buluşuyor, gözlerimiz.

Okyanusun, ipekli süt mavisi tüllerle sarıp sarmaladığıRodos hâlâ görünmüyor.

Rodos, 1552'ye kadar tam 290 yıl Tapınak Şövalyeleri denilen Saint John Şövalyeleri'nin elinde kalmış.

Bu dönemde halk tam bir köle hayatı yaşamış. Köyler şövalyelerin mülkündeymiş. Bir köy bir başka şövalyeye satıldığında içindeki köylüler de yeni şövalyenin mülkü olurmuş.

Sık sık Osmanlının, Ege ve Akdeniz'den geçen gemilerine baskınlar düzenleyen Rodos Şövalyeleri, Osmanlıyı canından bezdirmiş.

Öyle ki, bir aralık Barbaros Hayreddin Paşa bile şövalyelerin eline düşmekten kendini kurtaramamış.

Şövalyeler, yakaladıklarını zindanlara kapatır ve akıl almaz işkencelere tabi tutarlarmış.

Ada fethedildiğinde bile, kalenin zindanlarında 13 bin Müslüman olduğu söyleniyor.

Kanuni, denizlerde terör estiren bu Tapınak Şövalyelerine iyi bir ders verme vaktinin geldiğine inanır.

Aslında çok geç bile kalınmıştır. Uzun bir kuşatmanın ardından ada fethedilir.

Kanuni, bütün ihtişamıyla beyaz atının üstünde önden giden mehter takımının çaldığı marşlarla, şehre girer.

Cami haline getirilen Saint John kilisesinde müezzinler gür sesleriyle ezanlar okurlar.

Ve Rodos bir günde Müslümanlaşır.

Rodos'ta 390 yıl sürecek olan yeni bir dönem başlar.

Nihayet Ege Denizi korsanlardan temizlenmiş ve İstanbul-SuriyeMısır deniz hattı güvenli hale gelmiştir.

Kanuni, her fethettiği yerde yaptığı teklifi burada da yapar ve baş şövalyenin Osmanlı adına yerinde kalarak, yine askerlerine emir vermesini ister.

Baş şövalye, padişahın bu alicenaplığını takdir eder ama hayatının sonunda, yenildiği düşmanın boyunduruğu altında yaşamanın, şerefsizce bir hayat olacağını söyleyerek, teklifi reddeder.

Padişah, onun bu cesaretine hayranlık duyar ve bütün malları ve silahları ile birlikte adayı terk etmelerine izin verir.

Hatta onlarla birlikte gitmek isteyen yerli halkın bile mallarıyla çıkıp gitmelerine ses çıkarmaz.

Baş şövalye Sultan Süleyman'ın bu cömertliğine ve adaletine hayran kalır ve refakatindekilerle birlikte diz çökerek padişahın elini öper.

Sultan Süleyman bir kere daha yüceliğini göstererek, yağmurdan ıslanmış olan baş şövalyenin sırtına bir şeref pelerini konmasını emreder.

İşte içinde bulunduğumuz gemi, mazisi nice maceralarla ve ecdadımızın böyle yücelikleriyle dolu bu güzel adaya yaklaşırken, uzaklardan bakınca bile, göklere doğru uzanan minareleriyle hâlâ Osmanlıdan derin izler taşıdığı fark ediliyor.

Akdeniz ve Ege'nin mavi sularının buluştuğu noktada sevimli bir yunus balığı gibi öylece duruyor.

Adada, ilk uğrak yerlerimizden birisi Ali Amca'nın kahvesi oluyor. Burası, Maraşta'ki Dondurmacı Yaşar'ın dükkanı gibi bir antika sarayını andırıyor.

Ali Amca, biraz kırık bir Türkçesinin kendisini iyice sevimli kıldığı, orta boylu bir insan. Kıvırcık saçlarında siyahlar bütünüyle silinmiş. Bir matem yerini andıran esmer yüzünde binlerce kırışık oluşmuş.

Hanımıyla birlikte işletiyorlar kahveyi.

İskele boyunca uzanan Avustralya caddesine açılan Hazreti Meryem kapısından değil de, az ilerdeki liman kapısından girdiğinizde, karşınıza tıpkı Bosna'daki Baş Çarşı gibi bir Osmanlı çarşısı çıkıveriyor.

Sol kola döndüğünüzde yukarıya doğru giden sokak sizi Süleymaniye Camii'ne ve Hafız Ahmet Kütüphanesi'ne götürüyor.

Ali Amca'nın kahvesi de bu sokakta.

Sağ kola döndüğünüzde ise Sadi Bey'in şemsiye ve parfümeri dükkanına varıyorsunuz.

Sadi Bey, yıllarca konsolosluğumuzda çalışmış kültürlü ve mütevazı bir insan.

Kendisiyle uzun uzun sohbet imkânı buluyoruz.

Babası Sadettin Efendi tam bir Osmanlı beyefendisiymiş.

Rodos Asliye Hukuk Mahkemesinde zabıt katipliği yaparken,

1912'de adayı işgal eden İtalyanlara karşı direnen kahraman askerlerin arasına katılmış.

Yaklaşık bin kişilik bir askerle tıpkı Ömer Muhtar'ın Libya çöllerindeki mücadelesi gibi, kahramanca adayı savunmaya çalışırlarsa da ancak on üç gün dayanabilmişler.

İtalyanlardan önce, yokluk ve tabiat şartları teslim almış onları.

Diğer esirlerle birlikte İtalya'ya götürülmüş.

Dokuz ay İtalya'da kaldıktan sonra savaşın sona ermesi üzerine serbest bırakılmış.

Aylarca süren zorlu bir deniz yolculuğundan sonra tekrara adaya gelmiş.

Evine geldiğinde, alışılmadık bir kalabalıkla karşılaşmış.

Evde, tıklım tıklım hüzünlü bir kalabalık.

İçeride, hazin bir mevlit sesi.

Kapıda görününce "saadettin geldi" çığlıkları yükselmiş.

Koşanlar, bağıranlar...

Meğer Saadettin Efendiyi kayıp saymışlar ve ölümümün kırkıncı mevlidini okutuyorlarmış.

Oğlunu karşısında gören babanın dili tutulmuş, annesi oracıkta bayılıvermiş.

***

Adada artık adları bile Türkçe olmayan yeni kuşak çocuklarımız, ne acıdır ki öz kültürümüzden uzak yetişiyor.

Türkçe öğrenme ve dini bilgileri edinme imkânları da bulunmuyor.

Bir gün soydaşlarımızdan bir kızımızın, Hıristiyan arkadaşıyla birlikte bir kilisenin önünden geçerken, arkadaşının istavroz çıkarması karşısında, bari ben de mabedimize karşı vazifemi yerine getireyim düşüncesiyle Süleymaniye Camii'nin önünde durup istavroz çıkarması aslında her şeyi anlatıyor.

Osmanlıdan kalma camileri, minareleri, kütüphaneleri,

türbeleri, hamamları, kültür merkezleri, saat kulesi öylece duruyor.

Öyle ki Arnavut kaldırımları, taş sokakları, cami ve kahvehaneleriyle karşılaşınca Suriçi İstanbul'unun buralara kadar uzandığı zannına kapılıyorsunuz.

Toplantının bitimini beklemeden bir ömür boyu yetecek hüzünlerle ayrılıyorum, Rodos'tan.

Gözlerim, güneş ışıklarının, sonsuz maviyle dansını seyrederken, bindiğim gemi sahilden gittikçe uzaklaşıyor.

Önce, buğulu ufuklarda dalga dalga genişleyen dağlar, sonra sıra sıra dizilmiş beyaz badanalı Rodos evleri, yavaş yavaş siliniyor gözlerimin önünden

Cemaat bekleyip duran mabetler ve ezan sesine susamış minarelerse, hiç silinmiyor. Yeni vefat etmiş bir insanın, çalışma masasında bilgisayarı, gözlüğü, kütüphanesinde kitapları , gardırobunda elbiseleri, hatta sürekli çalıştığı sandalyede asılı yeleği öylece durur ya;

İşte Rodos da Osmanlı hatırası aynen öyle; daha dün gitmiş gibi.

Rodos: Eski bir Osmanlı...

KUĞUNUN SON YOLCULUĞU

Soğuk bir mart gecesi...

Çatalca İstasyonu'nun ölgün ışıkları üşümekte, yolcular üşümektedir.

Çatalca Ovası'nın ayazında cebri bir yürüyüşle çamurlara bata çıka istasyona getirilen kadın sultanlar üşümekte, bütün bir Anadolu üşümektedir.

Son Osmanlı Hanedanı, kadınıyla erkeğiyle, kundaktaki çocuğuna kadar istasyonda bekleşmektedir.

Çamaşırlarını bile alma fırsatı bulamadan Yıldız Sarayı'ndan yola çıkarılan kadın sultanlar, şehzadeler bir daha belki de hiç göremeyecekleri vatan topraklarına göz pınarlarında ne var ne yoksa boşaltmaktadır.

Hanedan ağlamaktadır...

Bembeyaz sakalı soğuktan titreyen, son halife ağlamaktadır...

Yüz yıllar boyunca her dilden, her dinden, her ırktan insanı birlikte huzur içinde yaşatmış olan Devlet-i Aliye'nin son aile fertleri, kendilerini sürgüne götürecek treni beklemektedir.

Rumeli Demiryolları Şirketi'nin Çatalca'daki âmiri Musevi bir yurttaşımızdır.

Üst kattaki dairesini böyle habersiz gelen yüksek misafirlerinin istirahatine tahsis eder ve çoluk çocuğuyla da ikramlara koyulur.

Halifenin teşekkürü karşısında da; "Osmanlı Hanedanı, Türkiye Musevileri'nin velinimetidir. Atalarımız İspanya'dan sürüldükleri, kendilerini koruyacak bir ülke aradıkları zaman onları yok olmaktan kurtardılar. Devletlerinin gölgesinde tekrar can, ırz ve mal emniyetine, din ve dil hürriyetine kavuşturdular. Onlara, bu kara günlerinde elimizden geldiği kadar hizmet etmek bizim vicdan borcumuzdur" der.

Nihayet, Osman Oğullarını sürgüne götürecek olan tren oflaya puflaya gelir.

Hanedan mensupları, silahlı askerlerin arasında birer ikişer bindirilir trene.

Yolcular, başlarını camlardan uzatarak, Osman Oğulları'nın bu en hüzünlü sahnesini seyreder.

İstanbul Valisi Haydar Bey, trenin kapısında Son Halife'ye şişkince bir zarf verir. Pasaportlar vardır içinde, bir miktar da para.

Son halifenin vatan topraklarındaki son sözleri:

"Nereye gönderiliyoruz?"

"Nereye isterseniz…"

"Bu tren nereye kadar gidecek?"

"Ona da siz karar vereceksiniz"

Her şey çok açıktır;

"Vatan topraklarını terk ediniz de nereye isterseniz oraya gidiniz."

Soğuk bir mart gecesi…

Çatalca İstasyonu'nun ölgün ışıkları üşümektedir.

Acı bir ıslık eşliğinde yine oflaya puflaya dönmeye başlar, yorgun trenin tekerlekleri.

Gecenin bağrında siyah dumanlarını savurarak, sürgün diyarlara doğru süzülür, tren.

Yıldız Sarayı'nı hatırlatmamak için olmalı ki gökteki yıldızlar da yoktur.

Çatalca İstasyonun üşüyen ışıkları, karanlıkların derinliğinde gittikçe kaybolan, son Osmanlı'ları alıp götüren trenin arkasından öylece bakakaldı.

Bir de istasyon görevlileri.

Zaferden zafere koşan orduların uğurlandığı, karşılandığı Yıldız Sarayı'nda geçen güzel günler geride kalmıştır.

Aşklar, şarkılar, sohbetlerle bezeli güzel geceler son bulmuştur.

Tren, gecenin bağrında Balkanlara doğru başını almış gidiyor, giderken; altı yüz yıl insanlık ufkunu aydınlatan insanları bir meçhule, bir karanlığa doğru alıp götürüyordu.

Nereye gidiyorlardı? Kimse bilmiyordu.

Bilinen bir şey vardı ki o günlerde; Barbarosların, Hızır Reislerin denizlerinde gemiler, Murat Hüdavendigarların, Yıldırımların Balkanlarında trenler, son Osmanlıları sürgünlere götürüyordu.

Akıncıların, Anadolu ile Balkanlar arasında mekik dokuduğu günler geride kalmıştı.

Çatalca'dan kalkan tren, dumanlarını gökyüzüne savurarak, bağrında bahar barındırmayan bir kışa doğru koşmaktadır.

Hanedan erkeklerinin çoğu askerdir.

İçlerinde tabip generaller, amiraller, albaylar vardır.

Kara tren; yalnızlığa, yoksulluğa, insan yüreğini titretecek bir akıbete doğru koşuyordu.

Şehzadelerin, evine ekmek götürebilmek için taksi şoförlüğü, kadın sultanların, onu bunun evinde temizlik yapmaya razı olduğu, ufku olmayan gurbetlere doğru akıyor, akıyordu.

O günlerde sürgün yollarında kimler yoktur ki...

Yad ellerde, "Hiçbir yer, İstanbul'un güzel ve güneşli tepelerine benzemiyor" diyerek ölen, cenazesi, Fransa'da bir caminin avlusunda tam on yıl, vatan toprağına gömülmek için bekledikten sonra, bir yay gibi kıvrılıp Medine'ye ilk halifenin yanına uzanıveren son halife Abdülmecit Efendiler...

Gurbet ellerde yıkayacak hiçbir Müslüman bulunmadığı için hasta ve sakat kızı neriman Sultan tarafından yıkanıp kefenlenerek, bir Hristiyan mezarlığına gömülen Şehzade Mahmut Şevket Efendiler...

Bastonuna dayanarak her gün işe gidip gelirken, bir gün ameliyatta yanlışlıkla dili kesilen ve dilsiz kalmasına rağmen yine de o haliyle, babasıyla birlikte ziyarete gelen insanların Türkiye'den olduklarını anlayınca;

"Ne olur, beni bu halimle bırakın da babamı vatanına götürün, bu adam yanıp tutuşuyor, eğer bana bir iyilik yapmak istiyorsanız onu vatanına götürün" diye yalvaran neriman Sultanlar...

Nice'de vefat etmeden önce;

"Bir gün müsait olursa beni vatanıma götürün" dediği için, bir kilisede cesedi tam 30 yıl bekletildikten sonra, ülkesine gömülme umudu bütün bütün kesilince kilise görevlileri tarafından bir Hristiyan mezarlığına gömülen Sultan Abdülhamit'in kızı Gazi Osman Paşa'nın gelini Zekiye Sultanlar da vardır...

Sefaletten intihar edenler, belediye izin vermediği için cesedi Manş Denizi'ne atılanlar da vardır...

Mısır bir Müslüman toprağı olmasına rağmen; Türkiye'de işbaşına gelen her iktidara mektup yazarak, her türlü siyasi haktan mahrum olarak ülkesinde yaşama izni verilmesini talep eden, Boğaziçin'de kendi halinde balıkçılık yapmaya bile razı olduğunu her vesileyle söyleyen, yıllarca hiçbir cevap alamayınca da, Osman Yüksel Serdengeçti'ye " Hiç değilse bir zarfın içine bir avuç vatan toprağı koyarak gönderin de bari kabrime koyayım" diyerek, gurbet ellerde "ah vatan, ah vatan" diyerek ölen beyefendi Şehzademiz Ömer Efendiler de vardır.

İtalya kralı Emanuel'in;

"Ülkemin muhtelif yerlerinde saraylarım vardır, zat-ı alileri nerede oturmak istiyorlarsa, oturabilirler" demesine rağmen, "İslam'ın Halifesi bunu kabul edemez" diyerek, San Remo'da sefalet içinde ölen, bakkallara olan mutfak borcundan dolayı, tabutunun üzerine; " bu tabut hacizlidir, borçlar ödenmeden kaldırılamaz" yazısından dolayı damadı Ömer Faruk Efendi tarafından mutfak kapısından kaçırılan Osmanlının son sultanı Vahdettin Han da vardır.

Düşünüyorum da; Kanuni Sultan Süleyman, Zigetvar Kalesini fethettikten sonra hayata gözlerini yummuştu da; Sokullu, yaşanacak teessürden disiplin bozulur diyerek, bu güneş padişahının ölümünü askerden saklamıştı. Mesele, Edirne'ye gelindiğinde anlaşılınca, ordudan gümbür gümbür tekbir sesleri yükselmeye başlamıştı.

Son sultanın cenazesi ise San Remo sokaklarında hacizcilerden kaçırılmıştır.

Bu son Osmanlıların gurbet günleri, her geçen gün büyük bir sefalete dönüşmüş ve yad ellerde birer ikişer yitip gitmişlerdir.

Cihanın topraklarını milletinin ayakları altına seren insanlardan bir karış toprak esirgenmiş, bunca cefa reva görülmüştür..

Son yolculuklarında, ne onları omuzlarında taşıyan Müslümanlar, ne tekbir sesleri, ne tabutun üzerine örtülü bir bayrak vardır.

***

Soğuk bir mart gecesi...

Yıldız Sarayı'nı hatırlatmamak için, gökte yıldızlar bile saklanmıştır.

Çatalca İstasyonu'nda ışıklar üşümektedir.

Halıdan başka bir şeye basmayan kadın sultanlar üşümektedir.

Çocuklar üşümektedir.

Osmalı'nın son evlatları, birer ikişer binerler, trene.

O gün, üşüyen, o gün trene binen çocukların arasında, önceki gün tekbirlerle, on binlerle Sultan Ahmet Camii'nden uğurladığımız, sarayda doğan son şehzademiz, Osman Ertuğrul Efendi de vardır.

Ertuğrul oğlu Osman'dan, Osman Ertuğrul'a o büyük rüya, bütün insanlığın gözleri önünde gerçekleşen te'vilinin son sayfasını, kaderin bir cilvesi olarak Sultan Ahmet Camii'nde kaparken, uzun süren, fırtınalı bir gurbetten sonra aslî vatanına da kavuşmuştur.

Altı yüz yıl göklerde görülen kuğu, son yolculuğuna çıkmıştır.

ATEŞİ YUTAN KAN

Göğsünde İstiklal madalyası kanayan bir gül gibi duruyordu.

Bir battaniyeye sarılı olarak getirdiler mahkemeye.

Mahkeme kapısının önü hayli kalabalıktı.

Hastaydı...

Bütün vücudu titriyor, kulakları zor duyuyordu.

Mübaşirin sesi yankılandı koridorda: "Sanık Mustafa Badıoğlu..." Battaniyenin uçlarından tutarak oturttular sanık sandalyesine.

Mahkeme heyeti hazırdı.

Cumhuriyet Savcısı; "Sanık Mustafa Badıoğlu evinde dini kitaplar okurken yakalanmıştır. Binaenaleyh bu durum laik Cumhuriyetin temellerini sarsmaktadır" diye başladı söze. İddianameyi sanığın yüzüne karşı uzun uzun okudu.

Sanığın kulakları duymuyordu.

Hastalıktan elleri ayakları titriyordu.

Hakim yüksek sesle; "Cumhuriyetin temellerini sarsıyormuşsun doğru mu bu?" diye sordu.

Ne savcının ne de hakimin dediklerini duymamıştı.

Elini kulağının arkasına götürdü yanındaki Hüsrev Efendi'ye "ne diyor bunlar" dedi.

"Cumhuriyetin temellerini sarsıyormuşsun."

***

Yorgun gecenin sabahında perdeyi sıyırdığımda, taze bir günün ilk ışıkları doluyor odama.

Maraş, Ahır Dağı'nın eteklerinden bereketli ovaya doğru, sevdalı aşklara yelken açmış ece gibi bakıyor.

Bu güzel şehri görmeyeli tam on beş yıl olmuştu.

Şehre emanet ettiğim hatıralarım sabah aydınlığında görülen rüyalar gibi gözümde beliriyor.

Her şey çok canlı.

Hâkim bir tepeden bakıyorum şehre.

Yüreğimin atışları yükseliyor.

Hatırıma, bir zamanlar, Ahır Dağı'nın eteklerinden ordusuyla Mısır Seferi'ne yürüyen Yavuz düşerken, gözlerim, Ulu Cami'nin her daim nöbetteki minarelerine takılıyor.

Gök kubbenin şehrin üzerine çökmesinin bir tedbiri gibi duruyor, minareler.

Taş duvarlara kulağımı yapıştırıp, tarihin derinliklerinden gelen sesleri dinliyorum.

İstiklal Savaşı günleri...

Ulu mabette cemaat, Cuma nazmına durmuş. Havada bir ağırlık var.

Rıdvan Hoca, başında beyaz sarığı, sırtında cübbesi ağır adımlarla minbere çıkıyor. Bütün gözler onu takib ediyor. Hutbe okuması lazım ama okumuyor, duruyor, cemaate bakıyor, sonra gök gürler gibi haykırıyor;

"Cemaat! Ezan okundu. Sünnetleri kıldınız ama ben size bugün Cuma namazı kıldırmayacağım. Esir milletlere Cuma namazı farz değildir. Kalede Fransız bayrağı dalgalanıyor."

Saflar sınır tanımayan dalgalar gibi sarsılıyor.

Bir büyük gürültü kopuyor ulu mabedin içinde; "Bayraksız namaz olmaz" diye bağrışmalar...

Yokuşa akan sular gibi tırmanıyorlar kaleye doğru.

Kalede Fransız bayrağı dalgalanıyor.

Ay yıldızlı bayrağımız ise, bir kenara fırlatılıp atılmış, hilali kırılmış, melale bürünmüş bir halde içli bir çocuk gibi mahzun bir şekilde öylece duruyor.

Fransız bayrağını indirip, bayrağımızı burçlara çekiyorlar.

Kalede, dalgalanan şanlı bayrağın, yürekleri ısıtan kızıllığında eda ediliyor, namaz.

Bu muhteşem tabloyu evlerinin penceresinden kadınlar, kızlar göz yaşlarıyla izliyorlar.

Fransız komutan çarşıyı dolaşıyor, bir Maraşlıya;

"Bir bez parçası için bir sürü gürültü kopardınız, isteseydim hepinizi yok ederdim" diyor.

Kahraman Maraşlı; "O bayrak orada olmadan bizim üzerimize güneş doğmaz. Her Maraşlı sabah olunca önceye kaleye bakar, bayrağı görünce de Allah'a şükreder. Bayrağı görmemek için ya kör olmak ya da ölmek gerekir. Sen bizi topla, tüfekle korkutamazsın bir gün senin silahlarınla karşılaşacak olursak, arkamızdan ağlamasın, saçlarının teline namahrem eli değmesin diye önce karılarımızı, kızlarımızı vurur, sonra sizin karşınıza çıkarız. O zaman dünyanın bütün silahlarını getir bizi yine korkutamazsın. Maraş bize mezar olmadan düşmana gülzar olmaz."

Maraş mücadelesinin parolasıdır bu sözler.

Gözlerim, şimdi de Uzunoluk'a doğru dönüyor.

Sütçü İmam mütevazı dükkânında sütleriyle meşgul...

Silah seslerini duyunca, dışarı fırlıyor.

Çakmakçı Sait kanlar içinde yerde kıvranıyor. "Burası artık Müslüman toprağı değil, böyle gezemezsiniz" diyerek sarkıntılık etmeye kalkan Fransız askerlerine müdahale etmek istiyor ama engel olamıyor. Kadınlar askerlerin elinden kurtulmak için çırpınıyor.

Olup bitenleri gören Sütçü İmam;

"Bu gün namusa sahip çıkma günüdür" diyerek, sarı sedef saplı tabancasını kaptığı gibi ateşliyor.

İlk kurşun, ilk soylu isyan, ilk kıvılcım Sütçü İmam'ın tabancasından dalga dalga yayılıyor bütün bir Maraş'a ve Anadolu'ya.

Yüreklerde biriken öfke taşıyor.

Aylardır derin bir suskunluğa sürüklenen halk silkiniyor.

Öfke, dalga dalga sarıyor sokakları.

Ok yaydan çıkıyor.

Evlerde çocuklar, kadınlar isli lambaların ölgün ışıklarında Yasinler, Fatihalar okuyor.

Işığı yanan evlerden sızıyor, sokaklara Kur'an sesleri.

Işığı yanan evlerden, ışık yayılıyor ümitsizliğin karanlık gecelerine.

Dıştan yardım gelmeyince Maraşlı kendi kahramanını kendi çıkarıyor.

İğnenin deliğinden dağları geçiriyor, Maraşlı...

Kurtuluş Savaşı sonrası, Maraş Valiliği'nden kahramanların listesi isteniyor.

Valilik, liste veremiyoruz çünkü Maraş'ın bütün halkı kahramandır, cevabını veriyor.

Türkiye Büyük Millet Meclisi de madalyayı bütün bir Maraş'a veriyor.

Aslan Beyler, Sütçü İmamlar, Rıdvan Hocalar, Çakmakçı Saitler, Mıllış Nuriler, Muallim Hayrullahlar ve daha niceleri göğüslerine İstiklal Madalyası takmadan gittiler ama Maraş bugün dünyada madalyası olan tek şehir.

Merhum necip Fazıl, "Madde, ruhun hizmetine girdiği anda, kuvveti yüz binlerce kere büyür. O zaman bir teneke parçası, bir süngüye ve bir çakmak taşı bir topa bedel olur. O zaman kemik çeliği yer ve kan, ateşi yutar. Maraş'ı böyle anlayın" sözleriyle anlatır, Maraşlının bu büyük mücadelesini.

Güneş iyiden iyiye kendini hissettirmeye başlıyor.

Sıcak bir gün bizi bekliyor.

Hayalimin penceresi gibi odamın da penceresini kapatıyorum. Kitabımı alıp, kaldığım yerden okumaya başlıyorum.

"Göğsünde İstiklal Madalyası vardı.

Bütün bir bedeni titriyordu.

Yine hâkimin sesi duyuldu:

"Cumhuriyetin temellerini sarstığınız doğru mu?"

Düşmanın kurşunu bile bu kadar yaralamamıştı.

Sütçü İmamlar, Aslan Beyler, Rıdvan Hocalar, Ali Sezailer bu Cumhuriyet, bu bayrak için ölmemişler miydi? "O Fransız bayrağı oradan inmeden namaz olmaz dememişler miydi?

Yıkmak için mi kurmuşlardı Cumhuriyeti.

Hâkim insaflı biridir. İleri giden savcıyı azarlar.

Sanık Mustafa Badıoğlu göğsündeki İstiklal Madalyası'na baktı, yerinde duruyordu.

Yutkundu... Yutkundu... Bir şey diyecekti... demedi.

Göğsündeki madalyada dondu gözleri... Kanı da donmuştu... Anadolu'yu yakan ateşi, yutan kanı da donmuştu...

Titreyen başını hafifçe kaldırdı; "Allah Allah! Hâkim Bey evladım, iyi de biz bu Cumhuriyet için savaşmadık mı?

Kanlarımızla kurduğumuz Cumhuriyeti neden yıkalım?"

KÂBE'NİN YALNIZ YILLARI

Kış kapımızda...

Son baharın bu son günlerinde; üzerlerinde beyaz elbiseleriyle insanlar Sevgili'nin köyüne koşuyorlar.

Yakınları yaşlı gözlerle el sallarken arkalarından onlar beyaz güvercinler gibi kanatlanıyorlar ışığın göründüğü ufuklara ...

Kalbinde karar kalmayan yorgun yolcular; "Ey kervancı! Çek kervanı Sevgili'nin köyüne" diyerek, yollara düşüyor.

Benimse, Kâbe'nin yalnız yılları düşüyor, hayalime.

***

Bir sonsuz çöl...

Güneş, gökte ateşten bir darağacı...

Kımıltılarıyla küçük haşereleri andıran kumlar bile ağzını açmış su dileniyor.

Çöl yandıkça yanıyor.

Çölün ortasında siyah küçük bir karaltı... Yalnız, yapayalnız bir çocuk ...

Bir başına...

Yalnızlığın heykelini yontuyor.

Yalnızlık, her an bir anıt gibi yükseliyor çölde.

Çocuk ağlıyor, debeleniyor.

"Su" diye inliyor.

Çölde atın üstünde bir adam uzaklaşıyor...

Bir kadın adamın arkasından koşuyor, bağırıyor.

"Bizi bırakıp nereye gidiyorsun İbrahiiim!"

Ses kayboluyor çölün buğusunda.

Ses karışıyor çölün uğultusuna.

Atın üstündeki adam ardına bakmaksızın uzaklaşıyor, kadın koşuyor, bağırıyor;

"Bizi bu ıssız yerlere bırakmanı Allah mı emretti?"

"Evet."

"Öyleyse o bizi korur."

Atın üstündeki adam, ateşlerde yürüyen peygamberdir.

Yanan bir çölün ortasında, oğlunu ve hanımını bırakmanın ateşi yakar bağrını;

"Ey Rabbimiz! Ailemden bir kısmını senin hürmetli evinin yanında, ekinsiz bir vadiye yerleştirdim. namazlarını evinin yanında dosdoğru kılsınlar diye. Ey Rabbimiz! Sen de insanlardan mü'min olanların gönüllerini onlara meylettir…"

Onun imtihanı hep ateşlerde yanmaktır.

Bu defaki Nemrut'un ateşinden de yakıcıdır. Rabbinden ısrarla istediği biricik oğlu İsmail'i ve annesini bir ateş çölünün ortasına atmıştır.

Üstelik onlara bir açıklama bile yapamamıştır.

Nemrut'un, gökleri delen alev dalgalarının arasına düşerken gülistan olan gönlü, bu defa alev alev yanmaktadır.

En sevdiği ile imtihan olmak; ateşten bir gömlektir.

Hz İbrahim, sırtına o gömleği giymiştir.

Hz. Yakub'un sırtına zorla geçirilen ayrılık ateşinden dokunmuş gömleği, o kendi elleriyle giymiştir.

Nemrut'un ateşine mancınıkla atıldığı halde, İsmail'in ateşine kendi rızasıyla atlamıştır.

Çölde çaresizdir, Hazreti Hacer.

Yavrusu yanmaktadır.

Bir damla su…

Bir damla rahmet...

Hz. İsmail bir damla rahmete muhtaçtır.

Aslında, kıyamete kadar gelecek bütün insanlığın muhtaç olduğu "Âlemlere Rahmet" de o bir damlada saklıdır.

Bir tepeden diğerine koşar, Hazreti Hacer.

Merve'den Safa'ya, Safa'dan Merve'ye yedi kez uçar, umudunun yorgun kanatlarıyla...

Elini gözüne siper edip uzaklara, çok uzaklara bakar.

"Kuşların inip kalktığı bir su birikintisi var mı?" diye bakar ufuklara.

Çöl yanıyordu...

Kuşlar bile uçmazdı bu ateş yurdunda...

O, bir çöl kekliği gibi uçuyordu.

Durmadan çırpınıyor, durmadan kanat çırpıyordu.

Su... Bir damla su...

Hz. Hacer'in çöldeki gülü yanmamalıydı. O yanarsa insanlık yanardı.

O bir gül değildi, gülşendi.

İçinde Güllerin Efendisi'ni (sav) saklayan bir gülistandı...

Hz. Hacer çaresizdi...

Bitkindi...

Tepeden tepeye uçmaktan, uzaklara bakmaktan umut kanatları yorulmuştu.

Oğlunun yanına geldi.

İsmail'i gidiyordu.

Bir damla suya hasret gidiyordu.

O bir anaydı.

Çaresiz bir ana.

Elinden geleni yapmış, sebepler sükut etmişti.

Gökte bulutlar çoktan çekilip gitmişti, gönülde de umut pınarları çekilmek üzereydi.

Şimdi darda kalmıştı.

Sadece ellerini değil, yüreğini de açtı Yaradan'a.

Yavrusunun gözyaşlarını biriktirdiği yüreğinin, yangınıyla yalvardı Rabb'ine.

"Ey bu yerlerin sahibi Allah'ım! Bizi bu çöllerde mahvettirme. Bize acı, bize merhamet et. Ey dar da kalanların imdadına yetişen Rabbim!..."

Çölün yanan bağrından,

Bir ananın yangın yeri yüreğinden, Cennet'in gülşeninden bir su fışkırdı:

Zemzem...

Çöl suya kavuştu...

Önce kuşlar, sonra insanlar koştu.

Çöldeki yalnız çocuğun ve anasının etrafı şenlendi...

İsmail'in çocukluğu geride bırakıp, delikanlılığa adım attığı günlerin birinde babası çıkıp geldi.

Arşın altına, meleklerin ibadet ettiği mukaddes mabedin izdüşümüne, gökteki Allah'ın evinin tam altına Allah'ın yeryüzündeki evini inşa ettiler.

Yukarda, gökteki melekler dönerken, aşağıda da yerdeki melekler dönsün diye.

İnsanlar bölük bölük gelsin, bu ıssız yerler şenlensin diye.

Kâbe tamamlanınca Âlemlerin Rabbi;

"Ey İbrahim! İnsanları çağır gelsinler," diye seslendi.

"Ya Rabbi! Sesimi duyarlar mı?" dedi, Hazreti İbrahim.

Hz. Hacer'in çöldeki sesini duyan sonsuzluğun Sahibi, Hz İbrahim'in de davetini dünyanın dört bir yanına duyurdu.

Aşk ateşiyle yananlar,

O güzel yerler gözlerinde tütenler,

Kirpiklerini yummadan sabahı edenler,

Namazı, Rasulullah'ın(sav) yanında kılmak, ezanı Hazreti Bilal'in sesinden işitmek isteyenler,

Hira-nur Dağı'nın zirvelerinde meleğin sesini duymak, Kâbe'ye yüz sürmek isteyenler dünden bugüne hep yollarda...

O gün bu gün;

"Kâbe'nin yolları bölük bölük"tür.

Yolcular, geceleri karanlık bastırınca; yüreklerinden çıkan aşk ateşinin kıvılcımlarında yol aldılar.

Develer yorgunluktan durduğunda, yolcular sevdasından duramadılar.

Gündüz-gece hep yürüdüler.

Kendince bir yol bulabilen herkes düştü yollara...

O yolları, yorgun develerle geçenler de oldu, yalınayak yürüyenler de...

Bu günlerde; Sarı Molla gibi;

"Ey sarban zimamı çek semt-i kuy-u yare

Virane dilde zira, yer kalmadı karare"

diyenler, yine yollarda...

Üzerlerinde beyaz elbiseleri... Mahşere koşar gibi koşuyorlar.

Yakınları yaşlı gözlerle el sallarken arkalarından; onlar beyaz güvercinler gibi kanatlanıyorlar ışığın göründüğü ufuklara...

Kalbinde karar kalmayan yorgun yolcular; "Ey kervancı! Çek kervanı Sevgili'nin köyüne" diyerek, yollara dökülüyor.

Uçaklar havalanıyor, otobüsler yollara düşüyor...

Benimse Kâbe'nin yalnız yılları düşüyor hayalime.

Güllerin Efendisi'nin (sav), yalnız namaz kıldığı, duvarına başını koyup bir başına ağladığı, Rabb'ine yalnız yalvardığı yıllar...

O günleri, sonraları talihliler arasına girecek olan Afif el-Kindi anlatıyor;

"Bir gün çocuklarıma elbiselik almak için Mekke'ye gelmiştim.

Peygamberimizin amcası Abbas'la birlikte Kâbe'nin yanında oturuyorduk.

Güneş bir hayli yükselmişti.

Ay yüzlü olgun bir delikanlı çıka geldi.

Önce şöyle bir gökyüzüne baktı.

Sonra Kâbe'ye doğru yöneldi.

Sonra bir çocuk geldi, sağ yanına durdu. Az sonra bir kadın geldi o da arkalarına durdu.

Olgun genç eğildi, arkadakiler de eğildi, o, doğruldu onlar da doğruldu, o secdeye gitti onlar da gitti.

Ben, "Abbas! Vallahi ben büyük bir iş, şaşılacak bir şey görüyorum," dedim.

"Evet! Bu büyük bir iş, onların kim olduğunu biliyor musun?"

"Hayır."

"O, olgun insan Hz. Muhammed (sav), yeğenim olur. Küçük çocuk Ali, kardeşim Ebu Talib'in oğlu. Kadın da Hz. Hatice. Vallahi ben yeryüzünde bu dinden olan bu üç kişiden başka bilmiyorum."

Üç kişi...

O günler öyleydi...

Kâbe'nin yalnız yıllarıydı...

"ANNEMİ KİME EMANET EDERİM?"

Bir sonbahar akşamı güneş dağların ardına sarkarken Kütahyadan geçiyordum. Büyük ruhlu Ahmet'in köyü göründü karşı yamaçta.

Köy, akşama kadar bağda bahçede çalışmış da yorulmuş bir adam gibi, dağın yamacına yaslanmış öylece dinleniyordu.

Günün sukuta belenmiş son kızıl ışıklarında yıkanıyordu, girişteki kabristan.

Sanki az sonra ruhlar gezintiye çıkacakmış gibi sükutî bir hazırlığın ve asudeliğin doldurduğu bu tenha mezarlıkta, yan yana iki mezar duruyordu.

Baş uçlarında nöbet tutan iki selvi, saçını başını yolarak ağıt yakan iki insan gibi akşamın ayazında sağa sola sallanıyordu.

Sanki bir ses beni çağırdı;

"Yolcu arabayı durdur bu yerde,

Kimdir yatan bu tenha kabirde"

Arabayı durdurup, yanlarına vardım. Geride evlatlarını bırakıp gitmiş bir anne-baba kendi yalnızlıklarında öylece yatıyordu.

***

1992 yılı...

Ahmet, yoksulluk ve yokluk içerisinde bitirmiştir, üniversiteyi.

Ahmet'in okuduğu üniversiteden bir önceki yıl mezun olan bazı arkadaşları, Orta Asya'da açılan Türk okullarına öğretmen olarak gitmişler, döndüklerinde de, oralarda neredeyse bütün merhamet pınarların kuruduğunu, uzun süren kışın her şeyi kasıp kavurduğunu, yüreği sevgi dolu öğretmenlere ihtiyaç olduğunu uzun uzun anlatmışlardır.

Ahmet, kendini oralara gitmeye layık görmese de "hayır" diyememiştir.

Kara toprak babasını bağrına erken basmıştır.

Babasının vefatından sonra hayatın ağır yükü altında omuzları çökmüş olan anasına ne diyecektir?

Ağabeyi Mustafa'nın askerliği, kendi tahsili derken, zavallı anasının beli iyice bükülmüştür.

Anasının, yeni bir ayrılık haberine tahammülü olmadığını çok iyi bilmektedir.

Yengesinin, anasına, sık sık hakaret ettiğini, ağabeyinin evde olmadığı zamanlarada arada bir vurduğunu da...

Bütün bu olup bitenleri her gelişinde anasının ağlayarak kendisine anlatması, okulunu bir an evvel bitirip, anasını köyden alıp götürme düşüncesini daha bir kamçılamıştır.

Peki ya şimdi ne olacaktır?

İşte bunun içindir ki, yüreği buradaki sorumluluklarla hayalleri arasında sürekli gidip gelmektedir.

Yaz sıcaklarının bastırdığı bir gün gelir, köyüne.

Köye vardığında, daha merdivenleri çıkarken anası yanındakilere; "Ahmet'imin kokusu geliyor" der.

Yanılmamıştır.

Öper yanaklarından, koklar Ahmet'ini.

"Geldin değil mi Ahmet'im? Bir daha ananı yalnız bırakmak yok değil mi oğlum?" diyerek ağlar zavallı kadın.

Ahmet, anasının bu sözlerinden zamanla yaşadığı hayatın sır gibi sakladığı yönünü de fark eder.

Yurtdışına gitmekten vazgeçip burada kalmak bir an ona daha büyük bir fedakârlıkmış gibi gelir.

Kalmak zorundadır.

Anasına; "Bundan sonra hep yanında olacağım" derken, sesi, üzerine yığılmış yükü taşıyamayan karlı bir dal gibi titrer.

Ata topraklarına gitme hayalleri anasının sözleriyle ve yüzleşmek zorunda kaldığı hayatın gerçekleriyle bir an için silinir, gider.

Halbuki herkes yollardadır.

Kutlu bir göç vardır.

Anadolu ile Atayurt kucaklaşıyor, mutluluktan tarih ağlamakta, toprak ağlamakta, gök ağlamaktadır.

Asrın muzdaribinin;

"Ne olur gidiniz! Hamza(r.a) aşkına, Muhammed (s.a.v) aşkına, Allah (c.c) aşkına gidiniz, oralarda sizi bekleyen gözler var, suya hasret yürekler var, maddi manevi hiç bir şey beklemeden gidiniz," sözlerini hatırlar.

Sanki zihnine kazınmış, ruhuna işlemiştir, bu sözler.

Yüreğindeki yangınlar yer değiştirir durur.

O gece erkenden yatar. Bir zamanlar nice sevgilerin, mutlulukların yaşandığı, karşı metruk evin çatısında öten baykuş, içine ürperti salmaktadır.

"İyi kötü her hayatın akibeti bu değil midir ?" diye düşünerek teslimiyetle dalar uykuya.

Sabah uyandığında ilk işi pencereyi aralamak olur. Derin nefesler alıp kendine gelmeye, şaşkınlık ve sevinçle çarpan kalbini yatıştırmaya ve titremesini atmaya çalışır.

Köy kokusunu çeker ciğerlerine. Zihnini çevresiyle meşgul eder. ne kadar da hasret kalmıştır, köyün sabah kokularına.

Mutfaktan kaynamış taze süt kokusu gelmektedir.

Anasının yanına geldiğinde, söze neresinden başlayacağını düşünür.

Aslında geceyi öyle bir âlemde geçirmiştir ki, konuşmak için sözlere ihtiyacı olması şaşırtmaktadır şimdi onu.

Sanki dünya rengini değiştirmiş, zaman ve mekan birer perde, oyun ve oyalanma olduklarını zaten kendileri haykırıp durmaktadırlar.

Ne tuhaf! Hayır, ona öyle gelmektedir , hâlâ, O'nu gördükten sonra bile sözlere ihtiyaç vardır.

Ama o çoktan kararını vermiştir, gidecektir.

"Anacığım! Biliyor musun ben buraya gelirken seninle helalleşmeye, sizlerle vedalaşmaya gelmiştim. Orta Asya'ya öğretmen olarak gidecek, Önden Giden Atlılar'ın arasına karışacaktım. Senin halini görünce vazgeçtim. Fakat..."

"Eee... oğlum!"derken zavallı kadının yüreği ağzına gelir.

"Anacığım! Gece, Peygamberimiz (s.a.v) evimize geldi. Başında siyah bir sarık vardı. Yüzü bir dolunaydı.

Üzgündü.

Gözlerimin içine baktığında fark ettim, gözleri çok güzeldi.

Gözlerime değil de ruhumun derinliklerine bakıyordu sanki.

"Seni bekliyorlar." dedi.

Çok utandım.

Ama efendim! Annem? Onu kime emanet ederim." dedim.

"Bize emanet et..." dediler.

Son sözü söylerken gözlerinden yaşlar boşanıvermişti ama annesini ilk defa bu kadar metin görüyordu.

"Git Ahmedim, git! Bunca yıl dayandım bundan sonra da dayanırım. Madem Efendimiz (s.a.v), "anan bize emanet" demiş, bundan daha büyük müjde olur mu? Artık benim kimseye ihtiyacım yok. Bize düşen gayri seni gönül rahatlığıyla yolculamaktır."

Ahmet çocuklar gibi sevinir.

Bir kaç gün daha kalır köyde. Sadece konu komşu, akrabalarla değil de, bütün bir köyde ne var ne yoksa herşeyle vedalaşır.

Köyün yıkık duvarları bile İstanbul surları kadar gizemli görünür gözlerine.

Veda vakti geldiğinde, akraba konu komşu toplanır.

Yanaklarından süzülen yaşları beyaz yaşmağının ucuyla silip duran anasından ayrılmak hiç de kolay olmaz, Ahmet için.

Sanki anasını son görüşü gibi bir his kaplar içini.

Sarılır, öper, koklar anasını.

Bir daha hiç duymayacakmış gibi içine iyice doldurur, anasının kokusunu.

Ana kokusu, gurbette çok lazım olacaktır.

Anasının; "Ahmedim giderken babanın yol kenarındaki mezarına bir uğrayıver. 'Baba ben öğretmen oldum, Ata yurdumuza gidiyorum' deyiver. Rüyanı da anlat." sözleri, kendini zor zapteden Ahmet'e indirilmiş öldürücü bir darbe gibi gelir.

İyice bırakır kendini.

Göz yaşı sağanağında ayrılır, köyden.

***

Yorucu bir yolculuğun ardından Ata toprağı Orta Asya'ya ulaşır, Ahmet Öğretmen.

Anadolu'nun nefesini bırakır, özgür bozkırlara.

Artık, çok sevdiği öğrencileri ile birliktedir.

Geleli üç ay olur veya olmaz.

Bir gün öğrencilerinin arasındayken "Türkiye'den telefon var" derler.

Koşar.

Arayan ağabeyi, Mustafa'dır.

Babasını zor hatırlayan Ahmet Öğretmen, artık anasızdır da.

Yüreği üşür birden.

Gurbet mi soğuktur yoksa anasından gelip duran sıcaklık mı kesilmiştir?

"Ah anacığım! Keşke ölürken bari yanında olabilseydim" diyerek, sarsıla sarsıla ağlar.

***

Bir sonbahar akşamı güneş dağların ardına sarkarken yine büyük ruhlu Ahmet'in köyünden geçiyordum.

Köy, akşama kadar bağda bahçede çalışmış da yorulmuş bir adam gibi, dağın yamacına yaslanmış öylece dinleniyordu.

Sanki az sonra ruhlar gezintiye çıkacakmış gibi bir asudeliğin doldurduğu girişteki tenha mezarlıkta, yan yana iki mezar duruyordu.

Geride evlatlarını bırakıp gitmiş bir anne-baba kendi yalnızlıklarında öylece yatıyordu.

Birden, yaşlı anasını Allah'a emanet ederek Ata topraklarına koşan bir süvari geçti önümden.

Işığın doğduğu yere doğru at süren bir süvari.

Baktım, anasını Allah'a emanet ederek, ışık Süvarileri'ne katılan Ahmet Öğretmen.

SEN SADECE "MUHAMMED" DERSİN

Evin salonundaki çiçekler bile, her yaprağına ölüm kokusu sinmiş mezar çiçeklerini andırıyor, ölümün soğuk rüzgârları camlarda uğulduyordu.

Eriyip tükenmiş, ölgün bir gülümsemenin belli belirsiz canlandırdığı o güzel yanaklar çökmüştü.

Bir ara solunum cihazını ağzından ayırarak inançlı bir insan olduğunu bildiği doktoruna;

"Doktor... bey, ben... ölürken... ne... söylemeliyim?" dedi ve yine cihazı hemen ağzına yapıştırdı.

Gözleri buğulanan doktoru;

"Senin durumun çok özel, Kelime-i şahadet getirmek sana uzun gelir. O anı fark edince 'Muhammed' (s.a.v) de yeter" dedi.

***

Üniversitelerde imandan söz etmenin yadırgandığı, konuşanların da "gerici, yobaz" diyerek yaftalandığı, 1970'li yıllar.

O yıllarda, bir onkolog doktorun müsbet ilimlerle, manevi ilimleri birlikte anlatması pek görülür şey değildir.

Dr. Haluk Nurbaki, gönlündeki ilahi aşk ve peygamber sevgisiyle, inandığı şeyleri izah etmekte zorlanan bir dönemin gençliğine umut feneri olan az sayıdaki insandan biridir.

Ailesi Mevlevi olduğu için daha çocuk yaşlarda gönlüne ilahi aşkın kıvılcımları düşer.

Gönlünde ağır ağır yanan o ateş, gençliğin içine düştüğü buhranlar anaforunda gittikçe harlanır ve onu dur durak bilmeyen coşkun bir küheylan haline getirir. nurlu bir kandil gibi seccadesinin üstünde karanlık gecelere nur saçan bu derviş ruhlu doktor, Anadolu'yu karış karış dolaşır ve bir dönemde imanlı gençliğe büyük moral olur.

Dinle ve dindarla alay edildiği, din adına bir araya gelen birkaç kişinin bile der-dest edilip götürüldüğü yıllardır.

O yıllarda Nurbaki Hoca gibi dini yüksek yerlere taşıyarak anlatanlara, hava kadar su kadar ihtiyaç vardır.

Çöl yolcusunun suya koştuğu gibi, Nurbaki Hoca'nın sohbetlerine koşan o yılların yaralı gençliği, ona olan minnettarlığını asla unutmayacaktır.

Zirvelerden aşağılara doğru coşkun akan bir ırmak gibi akıp giden her bir insan ömrünün, sonsuzluk okyanusuna kavuşmadan önce Sonsuzluğun Sahibini ve onun biricik sevgilisini tanıması için çırpınır durur ve hemen bütün hastalarına inancın gücüne dayanmalarını tavsiye eder.

İnançlı insanın güçlü olduğunu ve hastalıklara karşı daha dirençli olduğunu söyler.

Kanser Hastanesinde başhekimken bir gün, Serap adında otuz beş yaşlarında genç ve güzel bir bayan gelir.

Bir iş kadını olan Serap Hanım, ne yazık ki göğüs kanseridir.

Haluk Hoca bu yeni hastasına özel bir ilgi gösterir.

Derdi veren Allah şifayı da verir ya; genç kadın kısa bir süre sonra kendini toparlar.

Ancak Serap Hanım da, bütün diğer kanser hastaları gibi, ilk beş yıllık süreyi çok dikkatli geçirmelidir.

İlk tedavinin arasından dört yıl geçer. Hastalığın seyri oldukça iyidir.

Serap Hanım artık kendisini gayet sağlıklı hissetmektedir.

İzmir'de bir ihaleye katılmak için Haluk Hoca'dan izin ister.

Kış olduğu için Hoca, ancak uçakla gitmesine izin verir.

Uçak bileti bulamaz ve otobüsle gitmeye karar verir.

Yollar kış kıyamettir.

Bindiği otobüs kaza yapar ve o kış kıyamette altı saat mahsur kalır. İşte ne olursa o anda olur.

Kısa bir süre sonra kanser, kemik ve akciğerlere yayılır ve Serap Hanım, bacak kemiklerindeki metastaz dolayısıyla yürüyemez hale gelir, hastalığın akciğerlerindeki tahribatı sebebiyle de devamlı olarak oksijen cihazına bağımlı hale gelir ve söylediği her kelimeden sonra ağzını o cihaza yapıştırarak nefes almak zorunda kalır.

Haluk nurbaki Hoca sık sık evine gidip gelmektedir.

Ömrünün ilk baharı göz açıp kapayıncaya kadar gelmiş geçmiş olan bu soylu kadın ömrünün son günlerinin birinde yine güçlükle ve kesik kesik konuşarak;

"Doktor Bey! Ben... size... dargınım."

"Niçin?"

"Siz... dindar... bir... insanmışsınız... niçin... bana... da, Allah'ı... ölümü... ve âhireti... anlatmıyorsunuz?" der.

Serap Hanım'ın dinî inançlarının çok zayıf olduğunu bilen Hoca, bu teklif karşısında oldukça şaşırır.

Onu üzmemeye çalışarak:

"Doktorlara ulaşmak kolaydır, parayı bastırdın mı istediğine tedavi olursun. Ancak imân tedavisi için gönülden istek duymalısın." der.

Konuşmaya mecâli olmadığından "ben o isteği duyuyorum" mânâsında başını sallar.

Artık ümitsiz bir tıbbî tedavinin yanı sıra, sonsuz hayatın ve saadetin reçetesi olan imân dersleri başlar ve son günlerini yaşayan Serap Hanım için bu dersler "hızlandırılmış öğretim"e dönüşür.

Yaralı ruhuyla duyar anlatılanları.

Yatağında uzanmış bir halde yaralı ruhuyla anlatılanları dinlerken, başından aşağı sevgi yağmurları dökülen bir güzellik perisi gibidir.

Son günlerinin birinde:

"Doktor... Bey! Ben... ölürken... ne... söylemeliyim?"

"Senin durumun çok özel, Kelime-i şahadet getirmek sana uzun gelir. O anı fark edince "Muhammed" (s.a.v) de, yeter."

O haliyle tebessüm ederek yine başını sallar.

Bu soylu kadında, bütün asil ruhlarda olduğu gibi acılarının dillendirilmesine engel olan bir utanma duygusu varsa da çok ıstırabı olduğu her halinden bellidir. Onun için sürekli morfin yapılır ve uyutulmaya çalışılır.

Bir iş seyahati sebebiyle yurt dışına çıkan hocayı sabırsızlıkla bekler, Serap Hanım'ın yakınları.

Döndüğü gün, annesi telefon eder:

"Serap, bir haftadır morfin yaptırmıyor, sabahlara kadar inliyor ve çok ıstırap çekiyor."

Hoca hemen Serap Hanım'ın evine gider. Hasta acılar içinde kıvranmaktadır.

Hoca iğne yaptırmamasının sebebini sorar. Aldığı cevap ürperticidir.

"Ya morfinin tesiriyle ölüme uykuda yakalanır ve son nefeste 'Muhammed' diyemezsem?"

Hoca donar kalır.

Bu arada hocadan istihareye yatmasını ve eğer daha vefatına birkaç gün varsa son gün uyanık kalacak şekilde kendisine morfin yapmasını rica eder.

Hoca hiç adeti olmadığı halde son günlerini yaşayan bu nurani kadının arzusunu kabul eder.

O gece rüyasında salı gününe kadar yaşayacağına dair emareler sezer. Ertesi gün:

"Hiç korkma, iğneyi vurdurabilirsin." der.

Ve Serap Hanım, bir veda niteliği taşıyan bu son görüşmesinde son sorusunu sorar:

"Doktor...Bey!...Azrail...bana...nasıl...görünecek?"

"Kızım! O bir melek değil mi? Hiç merak etme, sana yakışıklı bir prens gibi görünecektir."

Hoca, salı günü Serap'ın ağırlaştığı haberini alınca hemen evine koşarsa da artık çok geçtir.

Serap Hanım, sanki melekler bir başka âlemde yıkayıp da kendisini geri dünyaya göndermişler gibi beyaz örtüler arasında nurani bir şekilde asaletin ve inancın yüceliğinde yatmaktadır.

O sessiz ve sakin yatışında muhteşem bir görkem vardır. Salondaki çiçekler bile, her yaprağına ölüm kokusu sinmiş mezar çiçekleri gibidir.

Evin camlarında, guruba koşan güneşin son kızıl ışıklarının dansı vardır.

Ailesi perişandır. Kimse de konuşacak mecal yoktur.

Bakıcı kadın;

"Doktor Bey! Biliyor musunuz, bu evde biraz önce bir mucize yaşandı

Serap Hanım, bir saat önce oksijen cihazını attı ve 'yataktan kalkması imkânsız' denmesine rağmen kalkarak abdest aldı, iki rekat namaz kıldı.

Bütün ev halkı hayretten donup kaldık. Ve Kelime-i Şahadet getirerek tekrar yatağına uzandı ve güzel gözlerini kapadı.

Size, iletmemizi istedi ki;

"Doktor beye selam söyleyin, Azrail onun anlattığından da güzelmiş."

BİRLEŞEN YOLLAR

O gece, ıssız konağın bütün ışıkları açıktı; gecenin karanlığında üzerine nur inmiş bir türbe gibiydi.

Genç bir kadın, başında beyaz baş örtüsü, konağın bir odasında nurdan erişilmez bir abide gibi durmuş, namaz kılıyordu.

Gözlerini yummuş,

Öyle bir alem içindeydi ki; sanki, gönlünde her dem taze baharlar sürgün vermeye başlamış, yeryüzü aydınlık bir atlas, toprak her şeyi şefkatle bağrına basan bir anne gibiydi.

Sular, aşk ve vuslat şarkılarıyla sonsuzun nağmelerini duyuran tatlı bir çağıltı halinde akıyor, bağlar, bahçeler büyülü güzellikleriyle tebessümler yağdırıyordu.

Siyah gözleriyle, bütün eşyayı bir sevgi şöleni gibi seyrediyor, bir sevgi armonisinden güftesiz besteler dinliyordu.

Soylu kadın Birleşen Yollar'ın tam ortasında; bir güzellik perisi gibi ışık yağmurları altında yıkanıyordu.

Göğsüne bağladığı elinin altından, gönül yamaçlarına doğru ılık ve tatlı bir esintinin gezintiye çıktığını fark ediyordu.

***

1970'ler...

Köylerinden, kasabalarından kopup gelen binlerce çocuk gibi, okumak için ağabeyimle birlikte şehre gelmiştik.

Ayağımızda, lastik ayakkabılar ve süvarilik vurulmuş yamalı pantolonlar...

Babam, bazı günler köyden saman getirir, satmak için de, at arabasıyla sokak sokak dolaşırdı.

Okul harçlığımızı alabilmek için yazın o sıcakta, saman tozlarının başımızı, gözümüzü okşadığı arabanın peşinden gittiğimiz günler, gözümün önünden hiç gitmez.

Ağabeyimle kitapları çok severdik. Ama o yıllarda okuyacak kitap bulmak da, almak da meseleydi.

Kitapçılara gidiyor, taze çıkmış bir kitap gördüğümüz zaman, yeni doğmuş sevimli bir kuş yavrusu gibi avucumuzun içine alıyor, okşuyor ve derin bir iç geçirerek tekrar yerine bırakıyorduk.

"Minyeli Abdullah" yeni çıkmıştı. Elden ele dolaşıyordu.

Ardından, giyimi, kuşamı, duruşu ve etkileyici konuşmaları ile, milyonları peşinden sürükleyen efsane kadın Şule Yüksel Şenler'in Huzur Sokağı.

Sonra da Tarık Buğra'nın Küçük Ağa'sı, arka arkaya geldi.

Milli kültürümüze ait bu ilk romanlar, benim gibi kırsal kesim çocuklarının kültür kimliğinin oluşmasında son derece etkili olmuş, binlerce genci âraftan kurtarmıştı.

Bu kitaplar, yürümek zorunda olduğumuz yollarda karanlığa yakılmış ışık gibiydi.

Huzur Sokağı romanındaki Bilal ve Feyza, çağımızın Leyla ile Mecnun'u gibi sevilmişti.

Onu okuyan genç kızlarımızın amacı, sadece Feyza gibi idealist bir kadın olmak değildi ; aynı zamanda Bilal gibi idealist bir genç arıyorlardı.

Delikanlılar ise hem Bilal gibi dindar ve idealist bir genç olmak istiyor hem de Feyza'nın şahsında hayallerindeki Leyla'nın peşinden koşuyordu.

1970'de Huzur Sokağı, "Birleşen Yollar" adıyla beyaz perdeye aktarıldı. Dindar kesim sinemalara koştu.

O yıllarda, şimdiki gibi, Kurtlar Vadisi'ndeki Ömer Baba ya

da Ekmek Teknesi'ndeki nusret Baba gibi dindar ve bilge insan-
ları sinemada görmek imkânsızdı.

Türk sinemasının din ve dindarla problemi vardı. Sinema
tam da beslenebileceği kökleri kurutacak kadar ideolojikti.

Birleşen Yollar'la, dindar kesimin sinemayla yolları birleş-
miş, küskün yıllar geride kalmıştı.

Birleşen Yollar'ın bende zamanla gençliğime dair bir nos-
taljiye dönen hatırası, yıllar sonra bir gün filmin perde arkasını
öğrenmemle tamamlanmıştır.

Bir gece televizyonu açtığımda bir de ne göreyim, ekranda
konuşan bir zamanların efsane kadını Şule Yüksel Şenler...

Yaşı bir hayli ilerlemiş olmasına rağmen ruhundaki heyecanı
daha bir coşkun hale gelmiş olan bu mücahide kadın, "Birleşen
Yollar"daki namaz sahnesini anlatıyor;

"Çekim sırasında Türkan Şoray'la birlikteyiz. Duygularında
da çok güzel gelişmeler oldu. Fakat bunların doruk noktası na-
maz sahnesindeydi; Feyza'nın hidayet sahnesi...

Ellerimle örttüm başını, namazı nasıl kılacağını tarif ettim.
Bir hayli çalıştıktan sonra namaz sahnesi çekimi başladı.

Seccadesini serdi ve namaza durdu.

Ben bir kenarda oturmuş onun rol icabı kıldığı o namaz
sahnesini seyrediyorum.

Namazın nurlu âlemine daldıkça yüzünün, halden hale giren
bereketli yağmur bulutları gibi değiştiğini görüyordum.

O ruhani hâl yüzüne daha önce onda hiç görmediğim kadar
bir güzellik, bir yücelik vermişti.

Onun yüzünde gördüklerim rol icabı değildi.

Gözlerini yummuş öylece duruyor, sanki gönlünde her dem
taze baharlar büyütüyordu.

Siyah gözleriyle, bütün eşyayı bir sevgi şöleni gibi seyredi-
yor, bir sevgi armonisinden güftesiz besteler dinliyor, gibiydi.

Soylu kadın Birleşen Yollar'ın tam ortasında; bir güzellik perisi gibi ışık yağmurları altında yıkanıyordu.

Rol icabı da olsa o ilk namaz, gurbetten dönen evladını şefkatle bağrına basan bir ana gibi bağrına bastığı anlaşılıyordu.

Büyük bir ahşap konakta çekiliyordu film. Tam Tahiyyat'a oturduğu sırada kamerada bozukluk oldu. Rejisör;

'Hiç yerinizden kıpırdamayın, hemen devam edeceğiz' dedi.

Bir an hepimizde bir sessizlik...

Sonra Türkan Hanım, namazı bıraktı ve yan olarak oturdu. Öyle bir âlem içinde ki... Etrafında kimseyi görmüyor;

'Şule Hanım, Şule Hanım! Nerdesiniz?' dedi.

Hani âmâ bir insan el yordamıyla oturacağı yeri arar ya aynen öyle. 'Türkan Hanım bir şey mi oldu.' dedim. Baktım siyah gözlerinde yaşlar irileşmişti.

'Şule Hanım namazın rol icabı olanı insanı bu kadar etkilerse ya...' Sözlerinin sonunu getiremedi.

'Size yapamam, diyordum ya, nasıl olacak bu? Bu halimle nasıl namaz kılacağım'

Birden fenalaştı ve;

"Şule Hanım çok rica ediyorum, odada yalnız kalmak istiyorum."

"Ben de çıkayım mı?" dedim.

"Ne olur, lütfen!"

Hepimiz dışarı çıkıp kapıyı kapattık. Gazeteciler de yanımızda, herkes ne olacağını merak ediyor.

İçerden, önce yavaş yavaş hıçkırık sesleri... Daha sonra;

'Anneeeem..' diye bir feryat.

Koca konak inledi.

'Annem, önümde bu nurlu yollar varken ... Mahşerde iki elim yakandadır annem...'

Hıçkırıyor ve avazı çıktığı kadar bağırıyor.

Düşünebiliyor musunuz, o anda herkes hıçkıra hıçkıra ağlıyor.

Bir müddet sessizlikten sonra kapı açıldı. Gözleri şiş şiş...

'Türkan Hanım, isterseniz gelin, bir saat dinlenin, sonra devam ederiz.' dediler.

'Hayır, lütfen, devam edemeyeceğim, ben üstümü değiştirmeye gidiyorum' dedi ve içeri girdi.

Çıkarken, daha önce hacdan getirip ona hediye ettiğim büyük şalı başına örtmüş olarak yanıma geldi.

Yalvaran gözlerle karşımda durup:

'Şule Hanım, bakın, rica ediyorum, bugün hiç değilse karşıya geçene kadar beraber olalım.'

Ellerimden tutarak;

'Şule Hanım, size yalvarıyorum, hiç değilse Karaköy'e kadar...'

'Tamam' dedim ve arabaya bindik.

Başını sağ omzuma koydu. Hıçkıra hıçkıra ağlıyor. Ellerimi tutarak;

'Şule Hanım, biliyor musunuz ne kadar duyguluyum. Aslında Feyza benim... Feyza benim ancak sesimi hiçbir yere duyuramıyorum, duyuramam da...'

O IŞIK SÖNDÜ

Kış geceleri daha bir soğuk olur Çamlıca'da.

Bazı geceler, Boğaz'dan kopup gelen rüzgârların homurtuları sabaha kadar hiç dinmez.

Bu yıl Boğaz'dan esen rüzgârlar, evlerin duvarlarını dövmeye başlayınca yine o genci hatırladım.

Bazı geceler, odamın penceresini açar, bodrum katta oturan o gencin ışığına bakardım.

Ruhundaki umut ışığı kadar fersiz ve zayıf olan bu ışık, küçük bahçenin sınırlarını geçmezdi.

Bahçedeki tele asılı elbiseler, gecenin karanlığında, rüzgarın içlerine dolmasıyla dar ağacındaki idamlıklar gibi sallanırdı.

Bir de çamaşırlarını yıkadığı mavi bir leğen, hep o bahçede dururdu.

***

Uzuna yakın orta boylu , kara yağız, esmer güzeli bir delikanlı... İlkin, sokağın başındaki dut ağacı yapraklarını sonbaharın güz alacasında elerken görmüştüm onu.

Apartman kapısının önündeki korkuluk demirine dayanmış öylece duruyordu.

"Hoş geldiniz" dedim.

Yüzünde, en tatlı gülümsemelerin bile örtemediği bir hüzün gölgesi gezindi.

"Hoş bulduk, ben bodrum kata yeni taşınan kiracıyım, adım Sezai"

"Bu kaçıncı kiracı" dedim, içimden.

Gelenler en fazla bir kış duruyor, kışın onca kahrını çektikten sonra da çekip gidiyorlardı.

Her bahar geldiğinde Çamlıca'nın Yunus Emre sokağındaki bu apartmanın önünde mutlaka bir nakliye aracı durur, kıştan sağlam çıkabilen kırık-derik eşyaları alıp giderdi.

Bu, hemen her yıl tekrar eden bir sahneydi.

"Sezai Bey, kışın işin zor, bodrum kat korkunç derecede küf ve rutubet olur."

"Taşındım artık!"

"Biz ikinci katta oturuyoruz, bir ihtiyacın olursa hiç çekinme, gel" deyip ayrıldım.

Aradan birkaç gün geçmişti. Gece geç vakit kapının zili çaldı.

Gelen Sezai idi.

Gelmesi beni hem şaşırtmış hem memnun etmişti. Gerçekten de kalp kalbe karşıydı. Sezai'nin kolay kolay her daveti kabul edecek bir genç olmadığı belliydi.

Sanki insanlardan da hayattan da saklanıyordu ve bir akşam vakti bir ev gezmesi ona göre değildi.

Yüzünde gölgeli bir gülümseme...

Sanki yüreğinin yaralarını o gülümsemeyi bir merhem gibi sürerek acılarını hafifletiyordu.

Bir anlık bir nefes alış... İçeri buyur ettim.

"Bu vakitte rahatsız ediyorum ama işten bu saatlerde çıkıyorum, ne olur kusura bakmayın" diyerek girdi.

O gece bil cümle hikâyesini anlattı.

Zonguldak'ın bir köyündenmiş. Üç ay önce evlenmiş ama evlilik yürümemiş.

O gece Sezai'ye dilimin döndüğü kadar; üç ayın iki insanın birbirine ulaşabilmesi için çok kısa bir süre olduğunu, birbirine ömür boyu ya da sonsuza dek eş olmak için bundan çok daha fazlasına ihtiyaçları olduğunu anlatmaya çalıştım.

Biraz yumuşamış gibi görünüyordu.

En azından sükûtunun bana verdiği cesaretle eşinin telefonunu istedim, hiç çekinmeden verdi.

Ertesi gün eşini aradığımda, karşıma son derece zarfi bir hanım efendi çıktı. Yuvasının yıkılmasından korkan bir dişi kuşun heyecanı vardı sesinde.

"Ya gelip alsın ya da bana bir telefon etsin ben gelirim," dedi. Çok sevinmiştim.

Sonraki gün Sezai'ye; "Müjde! Eşin gelecek, senin aramanı bekliyor" dedim.

Yüzünde yine aynı o acı gülümseme; "ararım" dedi.

Bir gün yine kapının zili çaldı.

Kapıyı açtığımda, orta boylu, temiz giyimli bir Anadolu köylüsü:

"Ben Sezai'nin babasıyım."

İçeri girdiğimizde daha oturmadan başladı konuşmaya;

"Bu oğlanın durumu bizi çok üzüyor, üç ay önce evlendirdim. Anası üzüntüden şeker hastası oldu. Günler geçiyor uyumuyor kadın. Bunun üzüntüsü öldürecek zavallı kadını. Ben ne yapacağımı şaşırdım kaldım."

Üzülme, akşam Sezai gelince birlikte bir güzel konuşuruz, geçenlerde bir hayli yumuşamıştı ama sanırım tam ikna olmadı, dedim.

"Ben de onun için size geldim, gelini aramışsınız, kızcağız yeniden umutlanmış yazık"

Bir anne, bir baba, bir eş için ne hazin, ne acı bir durum.

Akşam, Sezai geç vakit işten gelince uzun uzun konuştuksa da, bir önceki konuşmadan daha öte bir yol alamadık.

Çaresiz baba çok kalmadı, sonraki gün umutsuzca döndü köyüne.

Günler hızla gelip geçti.

Ne zaman Sezai ile karşılaşsam "eşini ne zaman getiriyoruz?" diyerek, göreve hazır olduğumu söylüyordum ama onun yüzündeki zoraki gülümseyiş yüreğindeki acının hafiflemediğini gösteriyordu.

Sık sık apartmanın önündeki korkuluğa dayanmış derin düşünceler içinde bulurdum onu.

Beni her gördüğünde yüzüne o tatlı tebessüm yerleşir ve hep o bildik sözü söylerdi;

"Evde ruhum daraldı da biraz nefes alayım diye çıktım." Anlaşılan, bodrum katta yalnızlık, demir kelepçeleriyle sıkıyordu boğazını.

Oturduğu ev onun için ev mi, mahpus mu, hücre mi belli değildi. Gönül darlığı yaşıyordu.

Gönlünü Allah'a vermiş insanlar için gönül darlığı, içinde tembelleşen ümitlerine bir kamçı olur ve o ilahi ikazla yeniden dirilir insan.

İnanç azlığı yaşayan insanlarda ise, bu sürekli bir strese, bazen de intihara kadar gidebilir.

Buhran dalgaları gönül sahillerini dövdükçe bunalan ve kendini ölümün kollarına bırakmak isteyen nice insanlar biliriz, ya karanlıkları yırtarak kendine kadar ulaşan bir ezan sesiyle ya da yorgun ruhunu ırgalayacak başkaca bir saikle yeniden dirilir, gözlerinde ümit ışığı parlar.

Hep istiyordum ki, ya bir söz, ya bir davranış, ya da bilmediğimiz bir saik onun yorgun ruhunu ırgalasın ve gözlerinde bir umut ışığı parlasın.

Yurt dışında olduğum bir gün yine beni sormuş.

Bu beni umutlandırıyordu. Birini arıyor, birinin varlığını anlamlı buluyordu; bu iyiye işaret, diyordum.

***

Nihayet bahar yine insanın içini okşayan güzelliği ile gelmişti. Sokağın başındaki dut ağacı patlamaya hazır tomurcuklarını şişirmişti.

Kuşlar, baharın geleneğine uyarak yuvalarını kurmaya çalışıyor, kelebekler, arılar güneşin sıcaklığında kanatlanıyordu.

Baharın mis gibi havasını bütün canlılar içlerine çekiyor; kış boyunca uyuşuk uyuşuk duran ne varsa taze bir silkinmeyle yeniden hayata "merhaba" diyordu.

Taze bir umut sarmıştı her yanı.

Sezai'nin de bahara uyacağını hayal ederek dönüyordum dışarıdan. Evimin bulunduğu sokağa vardığımda; apartmanın önünde duran bir kamyonete kırık-derik eşyaların yüklendiğini fark ettim.

Hemen tanıdım, Sezai'nin eşyalarıydı bunlar.

Bahar geldiği için Sezai de taşınıyor olmalı, diye düşündüm. Bu da bir gelişmeydi aslında, daha iyi bir yaşam için bir çabaydı en azından. Sevinerek bodrum kata indim. Sezai'yle yeni hayatını konuşmak vardı aklımda.

Kendi yoktu. İçerdekiler eşyaları topluyordu. "Sezai'yi taşıyorsunuz galiba?" dedim.

Genç adamın gözlerinde birden yaşlar irileşti, titreyen dudakları zoraki kıpırdadı.

"Sezai dün gece intihar etti"

Dondum kaldım. Acı anaforunda savruldum. Ayakta zor duruyordum.

O sevimli, o yanık yürekli, o, gece geç vakitlerde hüzünden bir heykel gibi demir korkulukların önünde duran delikanlıyı bir daha göremeyecek miydim?

Büyük bir acı gelip oturdu içime.

Demek dün gece bodrum katta mahkeme kurulmuş ve Sezai, bu mahkemede, kendisinin hem savcısı hem hakimi, hem celladı olmuştu ve ben yetişememiştim.

Geceleri, küçük bahçede telin üzerindeki elbiseler bir daha hiç sallanmadı.

Mavi leğen de, o eşyalarla birlikte gitti.

Uzun kış gecelerinde, camdan sızan bodrum kattaki o ışık söndü.

Bir daha da hiç yanmadı.

BAYRAM GİRMEYEN EVLER

O yıl kurban bayramı kışın tam ortasına denk gelmişti. Dışarda dondurucu bir soğuk vardı.

Arafe günü evde kahvaltı yaparken o günlerde bir yardım derneğinde gönüllü olarak çalışan kızım, bazı yoksul ailelerin çaresizliğini anlatmaya başladı.

Ağzımda lokmalar, yüreğimde acılar büyüdü.

"Yarın, bayram ziyaretlerini bu ailelere yapıyoruz" dedim.

Ama kiminle gitmeliydim. Yanımda gönlü zengin biri olmalıydı. Hatırıma iki yıl önce soğuk bir kış günü kaybettiğimiz Abdullah Sungurlu Ağabey geldi.

O, gariplerin babasıydı ama artık yoktu...

Olsaydı başkasını arama ihtiyacı hissetmezdim. Gözü yaşlı bir insandı, darda kalanlara dayanamazdı.

O büyük insan, orasından burasından unutulmaya başlayan bir anı olup yıllar geçtikçe uzaklaşması gerekirken, gönlümüzde her gün yeni bir bölümü tamamlanan büyülü bir mabet gibi büyüyordu..

Bayram sabahı, düştük yollara... Aman Allah'ım! ne çaresizlikler, ne acılar, bayramın hiç uğramadığı perişan evler, mutluluğun başını uzatıp girmeye hiç yeltenmediği derme çatma barakalar...

Parasızlıktan elektriği kesik, suyu akmayan, değil hastaları sağlam insanları bile çürütecek kadar rutubet kokan evler.

Yüz liralık borcunu bile ödeyemeyen, 50 liralık kirasını yatıramayan yoksul aileler...

Diyalize girmeye gidemeyen, tekerlekli sandalyesi olmadığı

için dışarıya bile çıkamayan, rutubet fışkıran fersiz evlerde sürünerek ihtiyaçlarını görmeye çalışan güneş mahrumu insanlar.

Ağır şeker hastalığından dolayı gözlerini kaybeden, böbrek yetmezliği çeken, kendi payına düşen küçük bir miktarı bile veremediği için devletin verdiği ilacı ve nefes darlığı için kullanacağı spreyini dahi alamayan nefes alma-verme savaşında hastalar.

Yoksulluk yüzünden bozulan yuvalar, yitirilen akıllar, işsizlikten intihar eden kocaların geride bıraktığı çaresiz dul kadınlar, öksüz çocuklar...

Bütün bunlar çok uzaklarda, Afrika'da ya da Antartika'da değil, İstanbul'da, Üsküdar'da, Ümraniye'de, Kadıköy'de, İçeren köyde, yani içimizde...

Marketler evlerinin bitişiğinde ama kutuplar kadar uzak bu insanlara.

Modern hastanelerin diplerinde; ağrı, sancı ve yoksulluğun pençesinde inliyorlar ama bir adım öteye seslerini duyuramıyorlar.

Hele bir ev ki... Ev denmez, yüzüne karşı bu bir baraka dense baraka bile âr eder .

Penceresiz bir oda. İçerde cirit atan farelerin, lime lime ettiği bir kanepe, ıslak ve rutubetten korumak için duvarlardan uzak tutulmaya çalışılan küf kokusunun buğusunda boğulan bir iki yorgan ve yerde eski bir kilim. Odaya açılan ve banyo olarak da kullanılan bir tuvalet.

Babaları kanserden ölmüş dört yetim çocuk, dul bir kadın. 50 lira kirası olan bu barakaya; eğri büğrü teneke ve tahtaların yarıklarından yağdığında yağmur, doğduğunda güneş giriyor, rüzgarsa; istediği her yerden her an yol bulabiliyor ama mutluluk kapısına bile uğramıyor.

Faturası ödenmediği için tavanda elektrik, odanın ortasında kurulu soba, gözlerde umutlar sönmüş. Yüzlere çaresizliğin koyu gölgeleri düşmüş.

Bir anne ki... Hüzün meleği bir kadın; önceleri ev temizliğine giderek kanat germeye çalışmış yetimlerine, şimdilerde kemik erimesinden dolayı kırılmış hem kanatları hem de umutları. Baygınlık geçirdiği için gittiği birkaç evden arabayla geri getirilmiş. Acılar, iniltiler, hastalıklar, ağrılar, umutsuzluklar, çaresizlikler ve küf kokuları yükseliyor bu evlerden. Bayram ıskalamış, bayram hiç uğramamış bu evlere.

Bayram paketleri, alevler arasında kalan evlere serpilen bir kaç kova su gibi yitip gitmiş.

Öğrenilmiş çaresizlikler var bu insanların yüzlerinde. Elimizdekileri görünce, hemen esip geçiveren tatlı bir rüzgâr gibi gülüveriyor yüzleri. Ama o kadar...

Sonra hemen yine eski hüznün koyuluğuna gömülüyorlar.

Oscar Wilde "Mutlu Prens" kitabında, öldükten sonra kasabanın ortasına altından heykeli dikilen Mutlu Prens'le Kırlangıcın fedakârlığını anlatır. Bir gün Mutlu Prensin ayakları arasına konan kırlangıcın kanatlarına birkaç damla gözyaşı düşünce başını kaldırır ve sorar;

"Siz kimsiniz?"

"Ben Mutlu Prensim."

"Öyleyse niye ağlıyorsunuz?"

"Ben yaşarken, daha yüreğim insan yüreğiyken gözyaşı nedir bilmezdim, çünkü kapısından üzüntünün giremediği Sans Souci Sarayı'ndaydım. Gündüzün bahçede arkadaşlarımla oynar, akşamları da büyük salonda dans ederdim. Sarayın yüksek duvarları dışında olanlar beni ilgilendirmezdi. Şimdi buradan kasabanın yoksul evlerindeki acıları görüyorum ama elimden ağlamaktan başka bir şey gelmiyor. Şu karşıki evde hasta bir çocuk ateşler içinde yatıyor, annesi çaresiz çırpınıyor. Az ilerdeki evde fakir bir çocuk soğuktan titreyerek dersini yapmaya çalışıyor..."

Mutlu Prens, kırlangıcın kentin üzerinde uçmasını ve şehirde yaşanan bütün acıları tesbit etmesini ister.

Kentin üzerinde uçan kırlangıç; yoksullar kapı diplerinde

otururken zenginlerin güzel evlerinde safa sürdüklerini, karanlık ara yollara girip, kapkara sokaklara kayıtsız kayıtsız bakan aç çocukların kâğıt gibi yüzlerini görür.

Bir köprünün kemeri altında iki küçük çocuğun kucak kucağa yatıp birbirlerini ısıtmaya çalıştığını; "Ama çok açız," diyen çocuklara, bekçinin "Orada yatamazsınız," diye bağırdığını ve çocukların da yağmur altında gözden yitip gittiklerini acıyla seyreder...

Kırlangıç gördüklerini bir bir Prens'e anlatır.

Prens, gözlerim en kıymetli elmastandır, gövdem saf altınla kaplıdır, yaprak yaprak söküp yoksullarıma götür; yaşayanlar altının insanı hep mutlu edeceğini sanırlar."

Kırlangıç, Mutlu Prens'in gözlerindeki elmasları, gövdesindeki altınları parça parça söker ve yoksullara dağıtır.

Kasaba mutludur.

Derken kar bastırır, arkasından da don. Zavallı küçük Kırlangıcın arkadaşları sıcak bölgelere, yeşil vadilere çoktan uçmuştur.

Soğuktan ve açlıktan öleceğini anlar. Ancak bir kez daha Prens'in omzuna dek uçabilecek gücü kalmıştır. Hafifçe yükselerek "Hoşçakal, sevgili Prens," diyebilir ve ayaklarının dibine ölü olarak düşer.

Tam o anda bir çatırtı duyulur. Mutlu Prensin yüreği, tam ortasından çatlamıştır.

Herkesi mutlu etmeyi seven Cömert Prensin yokluğunu bu bayram daha bir derinden hissettik ama o artık yoktu. Cömert prens Abdullah Sungurlu Ağabey aramızdan ayrılalı tam iki yıl oldu. Karşılaştığım birisine "ziyaretine gittin mi?" dedim. Acı acı gülerek üzerindeki ceketi gösterdi;

"Bu onundu."

Dirilere derdimi anlatamayınca Yenidoğan'daki kabrine gittim, boylu boyunca yatıyordu.

"Ben geldim" dedim.

"Ama ben, seninle gelemem ki!" dedi.

ATEŞİNDE ÜŞÜDÜM BİR MEÇHUL ADAMIN

Ortaköy Camii'nin önündeyim.

Yatsı namazını kılanlar birer ikişer ayrılıyor tarihi camiden. İstanbul'un en zarif camilerinden birisi bu. namaza durduğunuzda kendinizi denizin ortasına seccade sermiş gibi hissedersiniz. Her secdede Yaradan'a bir nebze daha yaklaştığınızı düşünür ve derin bir haz duyarsınız burada kıldığınız namazlardan.

Randevu saatime erken gelmiştim. Alaca karanlıkta, denizin kenarında yürüyorum. Denizin dalgaları bana doğru koşarken birden vazgeçip geri çekiliyorlar.

Uzun zaman, mevsim normallerinin üzerindeki havalar konuşuldu İstanbul'da... Aralık ayının ilk günleri olmasına rağmen İstanbul'da hâlâ ceketle dolaşıyoruz. Bugün ayrı bir soğuk var her nedense.

Denizin rüzgârı havdaki soğuğun iliklerime nüfuz etmesine kararlı gibi. Paltomu almadığıma pişman olmaya başladım. Bir hayli üşüdüğümü farkettim.

Uzakta bir ateş gözüme ilişti. Ateşin başında bir adam duruyor... Bir tenekenin içine üç beş tahta parçasını tutuşturmuş alevinde ısınmaya çalışan adamın yanında buluyorum kendimi.

– Ateşinde ben de ısınabilir miyim, sataşmama "buyur" diyor adam. Sırtım buz kesse de durum fena değildi. Çıtır çıtır yanıyordu tahtalar.

Adamın soğuğa aldırmayan tavrı, sırtındaki kalın meşin ceketinden mi, yoksa yıllardır karşılaştığı bu çetin şartlardan kalınlaşan derisinden mi kaynaklanıyordu bilemedim.

Gömleğinin durumunu görünce hakkında az çok bir fikir sahibi olduğum bu yaşlı adam karşısında içimde bir acı duydum.

"Nerelisiniz" dedim.

"Manisalıyım" diyen Türkçesi beni çok şaşırttı. Sokağın dilini değil, bir anne sütünü emdiği besbelliydi.

"Ne iş yaparsınız".

Az ilerideki el arabasını işaret etti. Arabadaki kirli kanaviçe çuvalın içinde kullanılmış kâğıtlar ve ezilmiş meşrubat kutucukları görünüyordu. Tıka basa yenilmiş bir yemek sonrası keyif meşrubatlarının atık kutuları, belki sevgiliye karalanmış birkaç satırlık kağıt parçaları, fotoğraflarına bakıldıktan sonra fırlatıp atılmış gazete müsveddeleri eski bir çuvalın içinde bu adamın rızkına dönüşmek üzere sırasını bekliyordu.

"Dolusu kaç para eder bu çuvalın?"

"Yedi-sekiz lira"

"Her gün dolar mı çuval?"

"İki-üç günde bir."

"Nerede satıyorsun bunları?"

"Eminönü'nde bir hurdacı var, ona veririm. Vapurdakiler beni tanır. Benden para almazlar."

"Nakliye giderin yok yani?"

"Yok, yok..."

"Çuvalla nasıl çoluk çocuk geçindiriyorsun?"

"Yalnız birisiyim ben."

"Nerede oturuyorsun?"

"Ortaköy'ün bütün kuytu mekanları benimdir. Daha çok da inşaatlar da yatarım."

"Geceleri üşümüyor musun?"

"Başka çarem yok."

"Belediye sana sahip çıkmıyor mu?"

"60 yaşından sonra Kayışdağı'ndaki yaşlılar evine alıyorlar."

"Kaç yaşındasın?"

"Elli yedi"

"Sert geçen kış gecelerinde, karlı fırtınalı günlerde ne yaparsın?"

"O günlerde -televizyonlardan izlemişsinizdir belediyeler hepimizi toplar, önce bir spor salonuna alırlar, şiddetli soğuklar geçince de yeniden kapının önüne bırakırlar. Senin anlayacağın biz sokakların müdavimiyiz. Yaz-kış bu sokakların koynunda yatar kalkarız. Şu az ilerde Belediye'nin aş evi var, akşamları bedava yemek verirler, onunla da karnımızı doyururuz."

"Yalnızım dedin, çocukların yok mu?"

Her soruya binlerce kez muhatap olmuş gibi düşünmeden cevap veren bu gizemli adam, şimdi biraz durakladı. Tenekenin içine birkaç parça daha ilave etti. Sanki hayallerini alevlerde kül etmek istiyordu.

"Bir tane kızım var, evli."

"Sana bakmıyor mu?"

"El evinde, kendi zor sığıyor, bir de ben yük olmak istemem. Huzurunu kaçırmayayım diye onu görmeye bile hiç gitmem."

Sohbet koyulaşınca her şeyi unutmuştum. Erken geldiğim randevu saati bile geçmişti.

Vedalaşıp ayrılmama rağmen ben hâlâ oradayım. Bir tenekenin içerisinde tutuşturduğu üç beş tahta parçasıyla ısınmaya çalışan yalnız adamın yanında. Hâlâ onunla beraber ısınmaya çalışıyorum.

Düşündükçe üşüyorum bu kış.

Markalı gömleklerim, kravatlarım, takım elbiselerim ve istediğimde giyebildiğim paltom...ısınmaya elverişli evim, ailem, iş arkadaşlarım var ve ben Ortaköy'de üşümeye devam ediyorum.

Sokakların müdavimi o adamı düşünüyorum günde kaç kere. Acıların savurduğu bu insanın biricik kızına karşı duyduğu baba şefkati rikkatime dokunuyor.

Sımsıcak bir sedirde torunlarının arasında mutlu bir hayat, bu adamın da hakkı değil mi! Soğuk geceleri karanlık bir yorgan gibi üzerine örten bu zavallı insan, sabahları nerede kahvaltı yapar, nerede tıraşını olur, nerede banyo yapar ve çamaşırlarını nerede yıkar?

Sokakların müdavimi bu insanlar hayatı bir yük gibi sırtlarında taşıyorlar. Pek çok sosyal yaralarımız var. Durmadan kanıyor bu yaralar. Sosyal bünyemiz kan kaybediyor. Sokakların sahipsiz sakinleri de bu yaralardan sadece birisi.

Türkiye'de yaklaşık 40 bin insan sokaklarda yaşıyor. Bunun böyle gideceğini mi sanıyoruz. Sokaktaki insanlara bir şefkat projesi geliştiremez miyiz? Yuvasız kuşlara bile vakıflar kuran ecdadın evlatları olarak bunları başarmak çok mu zordur. Kainatın dengesi bozulduğunda yer sarsılıyor, titriyor, zaman zaman gökyüzünden inen rahmet damlaları gözyaşlarına inat sele dönüşüp temizlemeye çalışıyor bütün kirleri…

Bu sessiz ve sakin yığınların bedduaları karşısında sarsılmadan, yıkılmadan durabilmek mümkün müdür?

Bir aile kültürümüz vardı bizim. nur yüzlü dedelerimiz, ninelerimiz sıyanet meleği gibi otururlardı sedirin başköşesinde. Gelinler, kızlar dolanırdı evin içinde. Torunlar koşuşurdu.

Mimarimize bile yansımıştı aile kültürümüz. Yarı müstakil, yarı iç içe evlerimiz vardı. Evlerimizin, sokaklarımızın, şehirlerimizin ruhu vardı. Çıkmaz sokaklarda kaybolmuş birinin rasgele çaldığında açılan kapılar, kapıların eşiğinde duran mütebessim çehreler ve yudumlamak için size sunulan bir bardak suyumuz vardı…Bu çıkmaz sokaklardan bile yükselen bir ruh vardı. Cumbalar o kültürün en canlı parçasıydı.

***

Ben hâlâ Ortaköy Camii'nin önündeyim.

Yatsı namazını kılanlar çoktan kavuştular, sıcak yuvalarına.

Alaca karanlıkta, denizin kenarında yürüyorum. Denizin dalgaları bana doğru koşarken birden vazgeçip geri çekiliyorlar.

Ortaköy, bu gece çok soğuk.

Boğazın dalgaları şiddetini gittikçe artırıyor. Biraz "ödünç ısınayım" diyorum, fakat bin beter donuyorum boğazın serinliğinde.

Sonraki günler, ne kadar aradımsa da, ateşinde üşüdüğüm o meçhul adamı bir daha hiç göremedim.

TANYA'NIN GÜNLÜĞÜ

Gün, geceye döküldüğünde; en derin uykularında olan Neva Nehri'nin kıyısındaki ahşap bir Azeri lokantasında Petresburg'lu dostlarla birlikte oluyoruz.

Bu mevsimde Neva; beyaz gelinliğinin etekleri rüzgarda savrulurken, soğuktan öylece donmuş kalmış da, boylu boyunca uzanıvermiş bir gelini andırıyor.

Gecenin karanlığında, kuzey rüzgarları çığlık çığlığa...

Neva Nehri, beyaz bağrını rüzgara vermiş öylece uyuyor. Rüyasında, 2. Dünya Savaşı yıllarında Alman Ordularının Petersburg önlerine kadar geldiği o korkunç günleri görüyor, olmalı, diye düşünüyorum.

Sadece bir milyondan fazla sivilin açlıktan, soğuktan ve hastalıktan öldüğü günler...

Neva Nehri, o kuşatma günlerinde, Ladoga Gölü'nün buz tutmuş iskelesinde istiflenen yardımları, şehirde mahsur kalan evlatlarına buzdan sırtıyla taşımak için adeta bir "Hayat Yolu" olmuş.

Şimdi, çığlıklaşan rüzgarın eşliğinde, bestekar Şostakoviç'in savaşan askerlere moral vermek için yaptığı besteleri dinliyor gibi bir hali var.

***

İkinci Dünya Savaşı'nda Almanlar bu güzel şehri tam dokuz yüz gün kuşatma altında tutar. Petersburg, namahreme kendini teslim etmek istemeyen bir dilber gibi direnir.

Alman askerleri, sonsuz vahşi Raikkola Ormanlarına kadar sokularak

Rus birliklerini kuşatırlar.

Sovyet Topçusu kuşatmadan kurtulmak için araçları ve atları Ladoga Gölü'nden geçirip daha güvenli bir yere konuşlanmayı düşünür.

Bunun için sallara ihtiyaçları vardır. Sallar gecikir. Her bir dakika çok değerlidir. Çünkü soğuk gittikçe şiddetlenmektedir.

Ladoga Gölü her an donabilir.

Fin askerleri de ormana her yandan sızarak, bastırmaktadır.

Derken, Finlandiyalı askerler, vahşice bir iş yaparak Raikkola Ormanını ateşe verirler.

Ruslar, tam bir ateş çemberinde kalır.

Askerler ve binlerce at, alevlerden ve Finlerden oluşan ateş çemberini yararak çığlıklar içersinde kendilerini Ladoga Gölü'nün buz gibi sularına atarlar.

Değil insanlar, atlar bile korkudan titreyerek başlarını gölden dışarıya uzatmış saatlerce öylece bekleşir.

Derken, Ladoga Gölü üzerine vahşi bir karanlık çöker.

Kuzey rüzgarları çığlık atarak gelir ve bir anda Ladoga donar.

O anı; "Gece olunca Murmansk Denizi'nden doğru çığlıklar atan bir melek gibi bu taraflara inen ve toprağı bir anda öldüren kuzey rüzgarıyla, su üzerine vurulan bir camın çıkardığı bir sesle çatır çatır bir anda Ladoga dondu." diye anlatır, İtalyan yazar Malaparte.

Gövdeleri suyun içersinde başları dışarıda, binlerce at ve insan buzlara sıkışmış kalmış öylece durmaktadır.

Manzara korkunç ve muhteşemdir.

Ne Puşkin'in "Bronz Atlı"sı...

Ne Ayzenştay'ın "Ekim" filmindeki beyaz at sahnesi...

Ne de Aniçkov Köprüsü'nde gem vurulan yabani atlar...

Hiç biri, Ladoga Gölü'nde binlerce donmuş at manzarası gibi muhteşem değildi.

Aman Allah'ım! ne korkunç, ne ürpertici, ne muhteşem bir manzaradır.

Az ötede, Petersburg'taki sivillerin de içinde bulunduğu durum bundan farklı değildir.

Üç milyon insan, açlığın, hastalığın, soğuğun, korkunun korkunç kollarında sıkışıp kalmıştır.

Gökten bombalar yağmakta, şehir, her geçen gün erimekte, yorgun ve mecalsiz bir deve gibi çökmektedir.

Açlıktan, evlerdeki köpekler, kediler; kafeslerde beslenen kuşlar, kanaryalar ve papağanlar kapışılmış; açlıktan süzülmüş gözler, farelere dikilmiştir.

Her bir nesnenin yenilmesi mümkün yerini bulup çıkarmakta ustalık kazanmıştır aç insanlar.

Duvar kâğıdı, kitap ciltleri, kaynamış deri, kemerlerdeki macunlar, her çeşit ilaç, petrol peltesi ve gliserine kadar.

Bazı günler, ölen insan sayısı otuz binleri bulmaktadır.

Eczahaneler, kapı eşikleri, merdiven sahanlıkları, iskeleler, sokaklar ceset doludur.

Kapıcılar, sabahları adeta çöp toplar gibi insan cesedi toplar.

Cenaze törenleri, tabutlar, mezarlar çoktan unutulmuştur. Evlerden sokaklardan, boşalan ölüm selinin önüne geçilemez.

Hastaneler, dehşet veren hasta ve cesetlerle dolmuş, doktorlar, hemşireler, kokudan ve korkudan çalışamaz hale gelmiştir.

İnsanlar, paçavralara sardıkları ya da basitçe örttükleri ölüleri kızaklarla sessizce sokaklarda taşımaktadır.

Ölü birinin, bir başka ölüyü çekmesi gibi bir şeydir bu.

Ölmüş yakınlarını kızaklarla taşıyanlarda, kendi akıbetlerine alışmak ister gibi bir hâl vardır.

İskelet haline gelmiş insanlar, yollarda sendelemekte, düşmekte, sonra güç bela ayağa kalmakta, sonra yine düşmektedir.

Ayakta durmak ve ayakta kalmak müşkil bir meseledir.

Sadece, bir milyondan fazla sivilin açlık, soğuk ve hastalıktan ölmesine rağmen Petersburg teslim olmaz.

Almanların Doğu'ya inme hayalleri kursaklarında kalır.

O acıklı kuşatma günlerinin hiç şüphesiz en çarpıcı olaylarından biri de milyonlarca çocuk gibi, sevimli Tanya'nın yaşadıklarıdır.

Henüz daha 8-10 yaşlarındadır, Tanya.

Babası erken yaşta kanserden ölmüş, annesi, dikiş dikerek geçimlerini sağlamaya çalışmaktadır.

Küçük Tanya da annesinin en yakın yardımcısıdır.

Kuşatma yıllarında bütün yakınlarını bir bir kaybeden Tanya, her kaybettiği yakınını o minik elleriyle, o üşüyen elleriyle günlüğüne kaydeder.

"1941 Jenya, gece saat 12.30'da öldü.

1942 Ninem, 25 Ocak sabah saat 00. 03'te öldü.

1942 Leka, 17 Mart sabah saat 00. 05'te öldü.

1942 Leşa Amca, 10 Mart gündüz saat 14. 00'de öldü.

1942 Annem , 13 Mayıs sabah saat 07.30'ta öldü.

Herkes öldü. Sadece Tanya kaldı."

Aman Allah'ım! Biricik kızını hiç kimseye emanet edemeden, sevimli ve kimsesiz yavrusunun gözleri önünde ölmek bir anne için ne zor bir an, ne güç bir ayrılıktır.

Sevimli yavrusunu kollarına son defa basmaya, öpmeye, koklamaya takatı var mıydı acaba?

Çaresiz ve yalnız kızının bakışlarıyla ölmeden önce kaç defa ölmüştür.

Nasıl kızgın şişler girip çıkmıştır, yüreğine.

Acaba, vahşice öldürenler, o annenin yüreğindeki merhameti hissetseler, bir çiçeği dalından koprabilir, bir çiçeği çiğneyebilir mi?

Ah sevimli Tanya! O en yalnız anlarında yanında olmayı, ölüp giderken annene; "üzülme sevimli Tanya'n emin ellerde" diyebilmeyi ne kadar arzu ederdim.

Tanya, annesi de ölünce günlüğünü de alır ve evden ayrılır. Üzerinde yuvarlak yakalı bir elbise ve dünyadaki bütün savaşları protesto edercesine, iki yana ayırdığı saçlarına tutturduğu siyah bir kordüle vardır.

Kendini sokaklara bırakır.

Koltuğunun altına sıkıca kıstırdığı küçük bir kutu…İçinde, minik eliyle yazdığı günlüğü de vardır.

Güzel gözleri gam doludur. Ağır ve isteksiz adımlarla bir bilinmeze doğru öylesine yürür.

1944 yılının bir Haziran günü, kaldığı kimsesizler yurdunda açlıktan bayılır ve hastaneye kaldırılır.

Ve bir hastane odasında açlıktan dünyaya gözlerini yumar.

***

Gecenin karanlığında, kuzey rüzgarları çığlık çığlığa…

Neva Nehri'nin kıyısındaki ahşap Azeri lokantasından Neva'yı seyrediyoruz.

Tehlikeli ve zor bir görevi başarıyla yerine getirmiş olmanın mutluluğu var, üzerinde.

Buzdan sırtıyla, o kuşatma günlerinde, Ladoga Gölü'nün buz tutmuş iskelesinde istiflenen yardımları, şehirde mahsur kalan evlatlarına ulaştırmış olmanın mutluluğu…

Neva Nehri, beyaz bağrını rüzgara vermiş öylece uyuyor.

Rüyasında, 2. Dünya Savaşı yıllarında Alman Ordularının Petersburg önlerine kadar geldiği o korkunç günleri görüyor, olmalı, diye düşünüyorum.

Rüyasında geçmişin acılarla örülü günlerini mi, yoksa ışıltılı bir geleceğin hülyalarını mı görüyor, bilemiyorum.

Dedim ya! Neva en derin uykularda.

ANALAR ÇOCUKLARINIZI ATMAYINIZ!

Soğuk bir kış gecesi daha sona eriyor, Moskova'da.

Şehir, sanki sokakalarda sabahlamış da; siyah saçları soğuktan sertleşmiş, kirpikleri buz tutmuş, kaputu kar kaplı bir adam gibi yavaş yavaş açıyor gözlerini.

Günün ışımasıyla birlikte sanki Sıra Selviler'den İstiklal Caddesi'ne sapar gibi kıvrılıyoruz Arbat Sokağı'na.

Yağlı boya satıcılarının el emeği nefis tabloları, eski sahafları andıran kitapçıların göz nuru kitapları, hediyelik eşyalar birer ikişer tezgahlardaki yerlerini alırken, biz de Arbat Sokağı'nı adımlamaya başlıyoruz.

Bu dakikalarda kar kokuyor, Arbat.

Kalın kürklerine bürünmüş kadınlar, kalın paltoları içersinde erkekler birer ikişer görünmeye başlıyor, sokağın başında.

Sabahın bu soğuğunda genç bir anneyle baba, bebeklerini de almışlar yanlarına.

Sevimli bebeğin bindiği araba, buz gibi parke taşlarının üzerinde etrafa minik tıkırtılar yayarak ilerliyor.

Özenle sarılıp sarmalanmış o sevimli bebeği ve üzerine şefkatle titreyen annesini görünce bir gün önce izlediğim bir belgeseldeki acı görüntüler canlanıyor, Arbat'ın ayaz sahnesinde.

Belgeselin adı tam bir ahir zaman tasviri:

"Anneler Çocuklarınızı Atmayın!"

Üzüntüyle birlikte sarsıntı yaşamamak imkânsız.

Savaşların getirdiği zor şartlarda bile babası şehit olan ya da esir düşen çocukların anneleri, yetim yavrularının çevresine sevgiden bir kale kurar, onlara gelebilecek her türlü cefaya göğüs gererlerdi.

Bu da hepimizin gözünde anneyi daha bir kutsallaştırır ve biz bundan başkasını düşünemezdik.

Oysa "Anneler Çocuklarınızı Atmayın! " filmi bütün kanaatlerimizi sarsacak bir acı dönüşümü anlatıyor.

Özellikle kırsal kesimlerden dünyanın metropollerine okumaya ya da çalışmaya giden kızlar, buralarda dünyaya getirdikleri gayr-i meşru çocuklarını ya kilisenin önüne ya da bir parka bırakıp ortadan kayboluyorlarmış.

Tıpkı, Türk filmlerinde, iç paralayıcı sahnelerde görmeye alışkın olduğumuz parklara bırakılan, cami önlerine atılan çocuklar gibi.

Ya da ağzı bantlanarak Bağcılar'daki bir caminin avlusuna bırakılan ve donmak üzere iken bulunan, Şafak bebek gibi.

Daha çok da mazbut bir çevreden geldiği için kucağında gayr-i meşru bir evlatla memleketine dönmek istemeyen kadınlar çocuklarını bırakıp gidiyorlarmış.

Kendisini bu kimsesiz çocuklara adamış olan bir sivil toplum örgütü her milletten fedakâr anneleri, konuya duyarlı sanatçıları ve din adamlarını da projeye dahil ederek bu acımasız annelere;

"Ne olur çocuklarınızı atmayın, onlar sizin yavrularınız, onların da sıcak bir yuvaya, anne sevgisine ihtiyaçları var" diye sesleniyor.

Avrupa ve Amerika'da da şimdilerde oldukça yaygın olan bu dernekler, insanlık olarak ne kadar acı bir gerçekle karşı karşıya olduğumuzu gösteriyor.

Belgeselde, ilahi merhametin yeryüzündeki temsilcileri fedakâr anneler konuşuyor:

Bir Rus anne:

"Benim yapışık ikizlerim vardı. Elimden almak istediler vermedim, nasıl verebilirdim. 'Bakamazsın' dediler ama ben annelik içgüdümle bu çocuklara bakabileceğimi hissettim.

İlk zamanlarda çok zorluklar yaşadımsa da onları kimseye vermedim.

On üç yaşına kadar bitişik yaşadılar. Sonra ameliyatla ayrıldılar.

Şimdi çok şükür iyiler"

Sözlerinin sonundaki; "Anneler! Çocuklarınızı atmayınız!" cümlesi bir çığlık gibi düşüyor ekrana.

Sonra bir Tacik anne geliyor, görüntüye;

"Bebeğim daha doğmadan özürlü olduğunu söylediler.

'İsterseniz alalım' dediler.

Ben hayır, bu çocuk bana Allah'tan geldi, doğurmam lazım, dedim. Doğduğunda elleri ve ayakları hiç tutmuyordu, sadece bedenini çok az oynatabiliyordu. Babasıyla birlikte üç ayrı işte çalışarak, tedavisi için para biriktirdik.

Eğitimini evde takip ettik, liseyi birincilikle bitirdi, üniversite okuyor şimdi, altı dil biliyor.

Ben bu yavrumu karnımda iken öldürseydim haksız olmaz mıydım?

Lütfen anneler! Çocuklarınızı atmayın," diye bitiriyor, sözlerini.

Anneleri konuşurken, o masum yavruların minnet duyguları damlıyor gözlerinden.

Annelerinin gözlerinin ta derinliklerine bakarak;

"Bizim annemiz aslında anlattığından daha da fedakârdır" sözleri sessiz bir çığlık gibi aksediyor, ekrana.

Televizyon sunucusu bir Rus hanımefendi;

"Ben kimsesizler yurduna sık sık gidiyorum. Oradaki çocukları çok seviyorum.

Hepsi sevgiye çok muhtaç, aciz bebekler. Anneler nasıl bu kadar güzel varlıkları sokağa atarlar bilemiyorum.

Afrika'ya program için gittiğimde; o yoksul ve siyah kadınların sırtlarına çocuklarını bağlayarak çalıştıklarını gördüm.

Evet insanlar açlar, muhtaçlar ama çocuklarını sokağa atmıyorlar. Anne sıcaklığı vermeye çalışıyorlar. Anneler! ne olur çocuklarınızı atmayın," diye yalvarıyor.

Yaşlı bir rahibe geliyor görüntüye. Acı bir haber vereceği siyahlara bürünmüş halinden belli, konuşurken gözyaşlarını tutamıyor:

"Benim görev yaptığım kilisenin bahçesine değişik zamanlarda on üç bebek atıp kaçtılar, ben bebeklerin hepsini evime götürüp onlara annelik yaptım. Şimdi, hepsi okullarının en başarılı öğrencileri.

Bana karşı çok saygılılar. Beni anne biliyorlar. Anlayamıyorum bu masum yavruları nasıl sokağa bırakırlar.

Ne olursa olsun, onlar sizin çocuklarınız, çocuğunu atan ana insan olamaz. Bir anne vicdanı buna nasıl izin verir. Hiçbir din, hiçbir töre buna izin vermez. Anneler! Çocuklarınızı sokağa atmayınız."

Son olarak kimsesizler yurdunun müdiresi konuşuyor;

"Buraya getirilen çocuklara en iyi şekilde bakmaya çalışıyoruz ama onlara tabii ki hiçbir zaman anne sevgisini veremiyoruz.

Buraya gelen çocuklar bir müddet sonra ağlamayı da unutuyorlar. Anne sıcaklığını hissedemedikleri için gözlerinde yaşlar da çekilip gidiyor.

Susuz pınarlara dönüyor o güzel gözleri. Buradan bütün annelere sesleniyorum. Çocuklarınızın kıymetini bilin.

Çocukları olmayan o kadar çok aile var, onlar çok üzülüyorlar. Bir evlatlarının olması için her yolu deniyorlar. Hatta kutsal yerlere gidip dualar ediyorlar. Allah sizlere evlat gibi bir güzellik vermiş ve siz bu güzelliği yok ediyorsunuz."

***

Bir güzel bebek, anne-babasının sımsıcak atmosferinde, Arbat'ta yürüyor.

Anne şefkatle bakıyor, yavrusuna.

Belli bebek üşümüyor, çünkü etrafına gülücükler saçıyor ama biz üşüyoruz.

Hem de iyiden iyiye üşüyoruz.

Anasızlık ateşinde üşüyen bebekler gibi üşüyoruz.

Dünyadaki bütün yapılar yıkılır da annelerin sevgi sarayları hiçbir zaman yıkılmaz, diye düşünürdük.

O hâl kıyamettir, mahşerdir, diye düşünürdük.

Çünkü bir annenin kendisinden bir parça olan yavrusunu bırakıp gitmesi ancak mahşerin dehşet sahnelerinde görülebilecek bir hâldir.

Bu duyguların sağanağı altında mihmandarım Sezer Bey'le yürüyoruz Arbat'ta.

Biraz da bizim garip ve yetim olduğumuzu anlamış olmalı ki sessiz ve derinden bir soğuk, efelendikçe efeleniyor.

Arbat kar kokuyor.

Sokağın ortasına doğru geldiğimizde sanki soğukluğu an be an artan derin bir dip frize doğru dalıyormuşuz gibi donmaya başlıyoruz.

Önceleri, rüzgarın efelenmesine pek aldırış etmiyoruz. Ama o, önündeki bütün siperleri bir bir bertaraf ederek ordugahın merkezine doğru koşan bir muzaffer kumandan edasıyla kalın paltolarımızı, kazaklarımızı, gömleklerimizi geride bırakarak yüreğimize doğru koşuyor.

Puşkin'in evine vardığımızda, pes ediyoruz.

Biz geri dönerken, o sevimli bebek anne babasının kollarında hâlâ Arbat'ı adımlıyordu.

Bebek arabasının tıkırtıları düşüyordu, buz gibi parkelere.

Arbat'ta bir kez daha anladık ki ayaz değil, anasızlık üşütüyor insanı.

JAPON GELİN

Araba, her iki yanı da kızılın bütün renklerine boyanmış olan ormanlık bir yoldan, hızla ilerliyordu.

Yollar ıslaktı.

Sonbahar, yamaçlara oturmuş içli bir çocuk gibi ağlıyordu.

Uzaklardan ormanların hüzünlü uğultuları, çoşkun derelerin ürperti veren homurtuları duyuluyordu.

Bir anda içi titredi, üşüdü.

Yanında oturan eşine biraz daha sokuldu.

Eşini çok seviyordu. Ona duyduğu sevgi bir eşe duyulabilecek olandan daha fazlaydı. Onun yanında kendisini manevi anlamda da güvende hissediyordu.

Oysa uzun zamandır yabancısı olduğu bir duyguydu bu.

Güz rüzgarlarının en küçük hamleleriyle dallardan yüzlerce yaprak boşluğa savruluyor, sonra da toprağın bağrına düşüyordu.

Çalıştığı serviste, her gün bir kaçının öldüğü hastaları geldi, hatırına.

O günlerde nasıl da çaresizdi?...

"İşte öldüler, yok oldular, bir daha dönmeyecekler" diye düşünürdü.

Her gün ölümü eliyle tutuyor, güzel gözlerinden giren ölümün soğuk rüzgarları gönlünün taze yamaçlarında ne kadar dal varsa bir bir kırıyordu. Normal ölümlerin dışında, ülkesinde intihar oranı da oldukça yüksekti.

Her gün yaklaşık yüz kişi bir şekilde canına kıyıyordu.

Semavi dinlere inanaların oranı yüzde bir buçuktu.

Daha hızlı ölebilmekiçin de hızlı trenleri tercih ediyorlardı

İnsan er veya geç sınırsız hayal ve arzularının, dünyaya sığmadığını anlıyordu.

Bu insan ruhuydu, her şey değişse de, her yerde ve her zamanda aynı kalan, her şeye isim veren , her şeye bir anlam arayan insan ruhu. Uzun zamandır unutulmuştu; dev demir makinelerin dişlileri arasında ezilmeye terk edilerek. Bu yüzden sesi kısıktı, günlük hayatta duyulamıyordu ama içten içe yükselen bir çığlığı vardı ruhun.

Yol, arabanın altında ıslak bir yılan gibi kıvrılırken, içindeki hüzün ırmakları da coşmuştu.

Arabanın buğulanan camını eliyle silerek yamaçlardaki sonbahar şöleninin seyrine daldı.

Bu mevsimde insan; düşünceleri ile kararan gökler arasında sıkışır ve kendini hiç bahar görmeyen, soğuk güz gülleri gibi hisseder.

Tıpkı yollar, ağaçlar, yamaçlar gibi duygular da sisli ve ıslaktır.

Onkoloji servisinde çalışırken, yokluk rüzgarlarının beyninde uğuldadığı bir gün, arkadaşının; Türkiye'den gelen bir aileyi birlikte ziyaret için ısrarcı oluşunu hatırladı.

Gittikleri evde mutluluk tatlı bir esinti gibi geziniyordu.

İnsanların yürekleri bir başkaydı, çığlık çığlığa değildi, her şey yerli yerindeydi sanki ve zaman koşmuyordu.

O gün, Ebru Abla'nın okuduğu kitap nasıl da tam yarasına basmış, yüreğine dokunmuştu.

Duydukları onun için bir ilkti;

"Ey bu yerlerin Sahibi! Senin bahtına düştüm, seni arıyorum, beni bu ıssız çöllerde başı boş bırakma, bana yardım et."

Bu sözler, yüreğine tatlı bir kıvılcım gibi düşmüş "ışığın

göründüğü ufka" doğru sessiz, yavaş ama derin bir yolculuk başlatmıştı.

Tam da dipsiz bir uçuruma doğru yuvarlanırken tutmuşlardı elinden.

İçinden bir ses, "o sohbetlere devam et" demişti.

En çok da o sese engel olmadığına seviniyordu şimdi.

Ruhunda tatlı bir kıvılcım tutuşmaya başlamıştı ama o kıvılcım nasıl korlaşacak, nasıl harlanacak bilemiyordu.

Bağrına düştüğü toprağı bir yorgan gibi başına çekerek, teşrinlerde güz yağmuru bekleyen gönenli bir tohum gibi hissediyordu kendini.

Kıvılcımın alevlere dönüşmesi, tohumun filizlenmesi nasıl bir duyguydu, onu da bilmiyordu ama çok iyi bir şey olduğunu yeni arkadaşlarının, Uzak Doğu'nun ışık Süvarileri'nin yüzlerinden fark ediyordu.

Aman Allah'ım ne güzel insanlardı.

Onlar da herkes gibi insandı, onlar da sevgiye saygıya anlaşılmaya muhtaçtı ama onları farklılaştıran bir şey vardı.

Huzur doluydu yürekleri.

Bir yönleri hep ötekine açıktı, pek çok insanın öldürücü bulduğu acıları varlıklarıyla yalanlıyor, sükunet ve uyum ilham ediyorlardı insana.

Yürüdükleri yolları aydınlatan ışık Süvarileri'ydi onlar.

Dünya güzeli eşinin yanı başında otururken, geçmişin acı tatlı anıları da işte böyle gelip içine oturuvermişti.

"Bırakma elimi olur mu? hiç bırakma, ben senden başka hiçbir şey istemiyorum elimi bırakma tamam mı?" diyerek biraz daha sokuldu eşine. İnsan ruhu, amacına giden yolun ondan geçtiğini hissediyordu.

Bindikleri araba, "Düzce" yazan sapaktan sağa kıvrıldı. "Daha yolumuz var mı?" dedi, usulca kocasına.

"Yaklaştık, biraz sonra köyümüzdeyiz," dedi tatlı bir tebessümle.

Gri gökyüzünde tek sıra halinde yeni ülkelerine doğru uçan göçmen kuşları da olmasa, kışın kahrını çeken zavallı ağaçlardan başka ortalıkta hiçbir canlı görünmüyordu.

Köy nasıl bir yerdi? İnsanları nasıldı? Aslında pek de iyi şeyler duymamıştı, tedirgindi ama başta eşi olmak üzere o ana kadar tanıdığı Türkler son derece güzel insanlardı.

Nihayet uzaktan köy görünür. Beyni sorular harmanıdır.

Kocasının ailesi nasıldır? Kocası gibi iyi insanlar mıdır?

Oğullarının köye yabancı bir gelin getirmesini nasıl karşılayacaklardır?

Heyecandan kalbi küt küt atmaya başlar.

Araba kapının önünde durunca, ev halkı kapıya koşar.

Bir anda ana-baba günü olur, evin önü.

Hem oğullarını hem de gelinlerini gurbetten gelmiş oğul ve kız evlatları gibi basarlar, bağırlarına.

Ayırt etmezler.

Anadolu insanının, sorgusuz, sualsiz , önyargısız yüreğine sahip damadın, anne-babası, kardeşleri, çekik gözlü Japon gelinlerini çok severler.

Akrabalar, köylüler toplanır, hepsi sevgiyle kucaklarlar. Mutluluktan uçmaktadır.

Tam da o günlerde Ramazan Ayı'nın ruhaniyatı fakir ve yoksul köyü kuşatmıştır.

Bütün yüzlerde bir huzur , bakışlarda bir derinlik vardır. Bu insanlar çok doğal, günlük bir halmiş gibi olağanüstü bir ruh içindedir.

Sanki zaman durmuş, insanın ve hayatın yatışmayan yapısı yatışmış, eşyada ruh nefes alıyordur.

Evin nur yüzlü ninesinin, odanın bir köşesinde, Kur'an'ını okurken ki ruh dinginliği görülmeğe değerdi.

Derken, bir ses duyuldu.

Ruhlara işleyen, insanı esir alan bir ses...

Bu sesi ilk defa duyuyordu.

Nasıl da kanatlanıyordu göklere?

İçlerinde yaşadıkça gözünde, mana çizgilerinin maddi yoksulluklarını inanılmaz bir ustalıkla bastırıp dönüştürdüğü bu yoksul ve fakir köylüler nasıl da coşkuyla koşuyorlardı bu sese.

O ses, köylülerin o coşkun halleri, bir anda içindeki kıvılcımları korlaştırdı.

Gönlündeki gönenli tohumlar, güz yağmurlarıyla buluşmuş gibi kımıldamaya başladı birden.

Yüreğinin yamaçlarında; baharla birlikte coşan dağ pınarlarının insan ruhuna haz veren tatlı şırıltıları duyulurken bir yandan da kendi ülkesindeki insanların bu güzelliklerden mahrum olduğunu düşündü.

Yüreği daha o an ikiye bölünmüştü; ermek üzere olduğu bir sırrın mutluluğu ve bunu paylaşamayacağı korkusunun eziciliği...

Bu fakir insanlar, Allah'a doğru koşuyorlardı, bu koşuşta öyle bir adanmışlık, öyle bir derinlik vardı ki insanı derinden sallıyor, sarsıyordu. O'nu anmaktan dolayı, insan kalbinin duyduğu o büyük hazzı uzaktan uzağa da olsa hissediyordu.

Evet, bütün dünya O'nun içindi, kuşlar O'na doğru uçuyor, ırmaklar O'na doğru akıyor, insan O'na doğru koşuyordu.

Yüreği aradığının bu olduğunu anlamıştı, ona kalan, varlığının en derinlerindeki bu esas gerçeğine teslim olmaktı.

Gece ilerleyip herkes odasına çekildiğinde; toprak evin mütevazi bir odasında eşiyle baş başa kalınca; Yüzünde beliren hüzünlü bir tebessümle "biraz konuşalı mı?" dedi, eşine.

Toprak evde el ayak çekilmiş, gece, sahur vaktine kadar sürecek olan derin ve esrarengiz bir sükuna bürünmüştü.

O gece ilk defa bir sırrını açtı kocasına;

"Ebru Abla'lara gidip gelmeye başladığım günlerdi. Bir gün annem; 'kızım yaşın bir hayli oldu, bak bir gençte seni istiyor, istersen everelim' dedi.

O günlerde içimde, değil başkasına, kendime yetecek kadar bile mutluluk emaresi olmamasına rağmen anneme "hayır" diyemediğim için, önüme çıkan o Japon gence "evet" demiştim.

Bir gün o gence;

"Ben ileride Müslüman olarak yaşamak istersem bunu nasıl karşılarsın?" diye sorduğumda;

"Ben bir terörist kızla asla evlenmek istemem" dedi ve beni bırakıp gitti.

Şimdi düşünüyorum da, köye ayak bastığım andan itibaren etrafımda mutluluktan bir kale kuran bu sıcak ve samimi insanlar mı teröristti?

Önüme çıkan o gence o soruyu sormamış olsaydım, bu gün bu güzel insanlarla birlikte olamayactım, diye düşündüm bir an.

Duygulanmıştı.

Yanaklarına düşen damlalar, inci gibi parlıyordu, odanın loş ışığında.

Eğer, Ebru Abla ile tanışmamış olsaydım, sonu gelmez bir gecede korkular içersinde yol alıp duracaktım.

Artık ağlamlarını engellemiyor, sadece diğer odadakiler duymasın diye hıçkırıklarını boğazında düğümlüyordu.

Ben, sizlerle içimdeki cennete doğru bir yolculuğa çıktım ama hâlâ her gün yaklaşık yüz insanın bir şekilde canına kıydığı, yüz otuz milyonluk ülkem insanı ne olacak, onları düşünüyorum.

MENDİLCİ TEYZE

Selman Bey odaya girdiğinde dalgın ve kederli bir hali vardı. Konuşmak istemiyordu. Israra edince başladı anlatmaya. Anlatırken dudakları titriyor, amansız bir yağmurun altında ıslanıyor gibi bütün varlığından bana doğru bir üşüme hissi, keder ve çaresizlik akıyordu:

"İşyerimden çıkarken bugün geç kalmayacağım, diye söz verdiğim günlerden biriydi ama yine geç kalmıştım. Harbiye Beşiktaş hattında 15-20 dakika kadar süren kısacık yolculuğun ardından Boğaz'ın hırçın sayılacak rüzgârında buldum kendimi. Dolmuşun sıcak ikliminde, üzerimizdeki kalın giysilerin de tesiriyle terleyen vücutlarımız rüzgârla irkildi. Birkaç adım sonra ulaşacağımız takaya binmek biraz da cesaret işiydi. Şemsiyelerimizi açmadan var gücüyle yağan sulu karda koşar adım takaya attık kendimizi. Adet olduğu üzere takanın iskeleye yaklaşmasıyla, daha neredeyse bir metre kala insanlar uçarak kendilerini karaya attılar. Etraf birden satıcıların sesleriyle şenlendi:

'Al ablam yavrunu sevindir, sadece üç milyon... Gel vatandaş taze bunlar, kilosu üçe, kilosu üçe... Kendini koru beyim, şemsiyeler otomat, gel gel, on liraya on liraya...'

En çok benim sesim duyulsun arzusuyla bağrışmaların zirveye çıktığı bir anda ince fakat yürekleri delen bir ses duydum. Meçhulden gelen bir ses gibi farklıydı. Bütün bir hayatın dert yükünü taşıdığı çok belliydi. Sahilin insanları kuru yapraklar gibi sağa sola savuran sert rüzgârı, bir an evvel evime doğru yönelmemi istese bile bu ses kendine doğru çekti beni. Fakat daha kaynağı bulamadan kesildi. Kalabalıktı, kimden geliyordu bu ses, 'Mendillerim var, mendillerim var… Mendil almak ister misiniz, mendillerim vaaaar.'

Hiçbir dayanağı yoktu ki sağ koltuğunun altındaki derme çatma değneğine dayanmıştı. ıslaktı, yüzünden aşağıya doğru süzülen damlalar yağan sulu karın eriyen damlaları mıydı yoksa rahmet kapılarını açmanın sırrı altın damlalar mıydı anlayamadım. Yavaşça yanına yaklaştım, akşam karanlığında pırıl pırıl simasıyla bir başka duruyordu o kalabalığın arasında. Satıcı değildi bu teyze. Olamazdı. Elinde şemsiyesi bile yoktu. Önündeki yüksekçe taşın üzerine iki adet mendil paketi koymuştu. Paketlerin yanında bir iki küçük nesne var gibiydi ama yağmurdan ıslanmasınlar diye üzerlerine örttüğü poşetten pek de seçilemiyorlardı. Bir tane mendil alabilir miyim teyzeciğim, diye sordum.

Tabii ki yavrum, Allah razı olsun, alabilirsin tabii ki. Kaça veriyorsun?

Sen ne vermek istersen güzel yavrum. 25 kuruş da veren oluyor 50 kuruş da. Sen ne vermek istersen.

Tamam da teyzeciğim sen bunun hepsini satsan kaç para eder ki! Bu soğukta bu yağışın altında değer mi buna?

Ne yapayım yavrum, dileneyim mi? Bir iki bin lira çıkarsam ekmeğimi alabiliyorum, Allah'ın izniyle.

Al teyzeciğim bu senin.

Aman, bu çok yavrum, buna gerek yok, sen mendilin parasını ver yeter, utanırım ben.

Fırsat buldukça uğramaya başladım. Sarı dolmuştan takaya, takadan Üsküdar'a gidiş gelişlerde hiç kimse yoktu sanki yanımda. Gözümün önünde hep "Mendilci Teyze", kulaklarımda sadece o ses, "mendillerim var, mendil alın."

Artık bir bağ oluşmuştu bu teyzeyle aramızda.

Bir gün, bilcümle hikâyesini dinledim.

Üst düzey bir memur ile tam 13 yıl evli kaldıktan sonra, rahat bir yaşamın tam ortasındayken, kendisine imzalatılan birkaç sayfa kâğıdın şamar gibi yüzüne çarpılmasıyla eşini ve bütün varlığını, ortaya yeni çıkan başka bir kadına devretmek zorunda kalmış. Dudullu taraflarında sığındığı mahallenin sakinlerinin gösterdiği küçük bir tahta kulübede harama bulaşmadan yaşamını sürdürmeye çalışıyor, ayağında çıkan yaraları tedavi ettiremediği ve soğuğa maruz kaldığı için koltuk değneğiyle yürüyordu.

Kimseye yük olmadan, ibadetlerini yapabilecek kadar "kuru" bir yer istiyordu. 'Açlık önemli değil oğlum, Kur'an'ımı okuyabileceğim bir kuru yerim olsun, abdestimi alıp namazımı kılabileyim yeter, nasıl olsa birkaç lokma bulurum.'

– Yandı oğul bana verdikleri o kulübe yandı.

– Neee, nasıl oldu ki. Yangın mı çıktı?

– Ben battaniye yeter sobaya gerek yok dedim ama onlar çok soğuk oluyor, olmaz dediler. Kulübeye yandaki evden elektrik çektiler. Gece namazımı kıldım, Yasin-i Şerif okuyayım dedim. Okurken uyuyakalmışım, ayaklarıma doladığım örtü sobanın üstüne düşmüş herhalde, cayır cayır yandı her şey.

– Sana bir şey olmamış teyzem, Allah'a bin şükür ki canın sağ, ayarlanır yeni bir yer.

– Ah oğlum, Yasin-i şerif okuyan ağzı Allah yakmaz ki zaten, Rabbime şükür bana bir şey olmadı ama kaldığım yer yandı, belediyede falan bir tanıdık olsa bana küçük bir yer gösterseler ne güzel olur.

O akşam ayrı bir sevinç vardı üzerimde. Ertesi gün bütün mesaimi bu teyze için ayıracaktım. Şimdi ona bu haberi verip huzurla gidecektim evime. Eşimle de konuşmuştum, eğer kabul ederse eve bile gidebiliriz.

Mendilci Teyze, Fadime Teyze, Simitçi Dede, Rasim Dede ne fark eder. Savrulup giden hayatlar var etrafımızda. Yakalama fırsatı her daim elimizde. Göz bizim, görmek için bakmak lazım. Kulak bizim, duymak için dinlemek lazım. Yürek bizim sevmek için istemek lazım. Ramazanlar görmek için, duymak için, sevmek için bütün hissiyatımızın ayıklandığı aylardır. Ramazanın ufkumuzda guruba meylettiği şu günlerde dışarıda yolumuzu gözleyen yüzlerce benzeri hayatı fark etmenin şimdi tam zamanı, diye düşündük, eşimle.

Hava yine soğuk... Yağmur yine sırılsıklam... Rızkını kovalayan herkes yine orada. Mendilci Teyze sen neredesin?

Günler geçti, teyze kayboldu.

Gece yine karanlık... Takadan indim yine sordum. İskelede sorduğum herkes, evet evet gelir giderdi ama uzun zamandır görmüyoruz cevabına kilitlendi. Aradan haftalar geçti, arasıra uğrayarak ya da uzaktan sordurarak araştırdım ama hiçbir haber alamadım.

Hava yine soğuk... Yağmur yine sırılsıklam... Rızkını kovalayan herkes yine orada. Mendilci Teyze sen neredesin?

ÜSKÜDAR'DA SABAH OLUYOR

Sahur vakti Üsküdar Sahili'ndeyiz. Yosun kokulu bir rüzgar okşuyor başımızı.

Bu dakikalarda bir başka güzel Üsküdar...

Sahura uyanan evlerden yükselen ışıkların, semadan inen nurlarla gökte bir ışık bulutu oluşturarak, ışık sağanağına dönüştüğü bu dakikalarda hakikaten bir başka güzel Üsküdar.

Bu gece, birkaç günden beri her gece bir parçasını geride bırakarak parlayan dolunayın yüzünde, bir kırılganlık, bir küskünlük var.

Işıktan dudaklarıyla elveda türküleri tutturmuş, gidiyor.

Ayrılığın hüznü, sonbahar yağmurlarında ıslanan kızarmış çınar yaprakları gibi titreyen yüreğimize daha şimdiden bir alaca karanlık gibi çöküyor.

Ansızın geldi, ansızın gidiyor; hazan yağmurları gibi... Yunup yıkanabildik mi?

Her gece sabahlara kadar Yaradan'ın: "Var mı dua eden, duasını kabul edeyim" sesini duyabildik mi?

Yağmura doymayan toprak gibi hissediyorum kendimi. Gökyüzü, mavi bir kristal gibi berrak...

Merhaba yokuşlarını geride bırakmış, elveda inişlerine salmış kendini ışıktan bir hayalet gibi gidiyor, Ramazan.

Sahil yolunun yorgun ışıkları Boğaz'ın serin sularında titriyor.

Boğaz'ın açıklarında dev bir gemi, siyah bir kütle gibi arkasında beyaz köpükler bırakarak köprüye doğru ilerliyor...

Yaz boyunca, Bebek'teki eğlence merkezlerinden yükselerek Çamlıca'nın yamaçlarında yankılanan müzik sesleri, Ramazan'la birlikte azalsa da, ışıkların bile müziğin yüksek ritmine kendini kaptırdığı bu mekânlara Ramazan uğramıyor diye düşünüyorum.

Biraz sonra okunacak ezanlar duyulur mu buralarda?

Işıkların arasında, belirsizliğe yürüyen bu insanların sahur sabahlarına yolları uğrar mı?

Sabahı var mıdır bu mekânların?

Minarelerin, mabetlerin gölgesinde büyüyen bu insanlarımız orucun neşvesini bir kere olsun tatmışlar mıdır?

İstanbul'un bu ışıltılı yaz geceleri kaybetmekten, unutmaktan, eğlenmekten başka ne verir bu insanlara?

Hayatlarının en alımlı, en verimli çağlarını ışıltılı gecelerin dipsiz kuyularına gömen bu insanlar, bir gün dönmek isteseler nereye döneceklerini biliyorlar mı?

Bir gün gençlik, güzellik, zenginlik, sağlık bir bir veda ederken, onlar veda edecek birilerini bulabilecekler mi?

Dünyanın kapıları, bir bir kapanırken hangi kapıyı çalacaklar?

Umutsuzluk, avucunun içine alıp acımasızca sıkmaya başladığında gidecekleri bir umut kapısı biliyorlar mı?

Yahya Kemal'in, "Ezansız Semtler"i düşüyor sükûn dolu geceme:

"Kendi kendime diyorum ki: Şişli, Kadıköy, Moda gibi semtlerde doğan, büyüyen, oynayan Türk çocukları milliyetlerinden tam bir derecede nasip alabiliyorlar mı? O semtlerdeki minareler görülmez, ezanlar işitilmez, Ramazan ve Kandil günleri hissedilmez. Çocuklar Müslümanlığın çocukluk rüyasını nasıl görürler. Biz ki minareler ve ağaçlar arasından ezân sesleri işiterek büyüdük. O mübarek muhitten çok sonra ayrıldık, biz böyle bir sabah namazında anne millete dönebiliriz. Fakat minaresiz ve ezânsız semtlerde doğan, Frenk terbiyesiyle yetişen Türk çocukları dönecekleri yeri hatırlamayacaklar."

Sahur vakti Üsküdar sahlindeyiz.

Yosun kokulu bir rüzgar okşuyor başımızı.

Boğaz, derinliklerine dökülen ışıklarıyla; ışıltılı gerdanlığıyla açık havada, yıldızların altında, üzerindeki bütün takı ve ziynetleriyle uykuya dalmış bir dilberi andırıyor.

Denize açılan ve hiç birinin diğerinin görme hakkını engellemediği cumbalı evlerde de birer ikişer ışıklar yanmaya başladığında ben yine,"Ezansız Semtler"in rüyasındaydım.

"İşte bu rüya, çocukluk dediğimiz bu Müslüman rüyasıdır ki bizi henüz bir millet halinde tutuyor. Bugünkü Türk babaları havası ve toprağı Müslümanlık rüyası ile dolu semtlerde doğdular, doğarken kulaklarına ezan okundu, evlerinin odalarında namaza durmuş ihtiyar nineler gördüler, mübarek günlerin akşamları bir minderin köşesinden okunan Kur-an'ın sesini işittiler; bir raf üzerinde duran Kitabullah'ı indirdiler, küçücük elleriyle açtılar, gülyağı gibi bir ruh olan sarı sahifelerini kokladılar. İlk ders olarak besmeleyi öğrendiler; kandil günlerinin kandilleri yanarken, Ramazanların, bayramların topları atılırken sevindiler. Bayram namazlarına babalarının yanında gittiler, camiler içinde şafak sökerken Tekbirleri dinlediler, dinin böyle bir merhalesinden geçtiler."

Sahur vakti Üsküdar sahilndeyiz. Yosun kokulu bir rüzgar okşuyor başımızı. Sabırla bekleyen şehir, sakinlerinin silkinerek uyanışından sürurlu...

Koyu bir kırmızılık fışkırırken yerle göğün buluştuğu yerden; bir ezan başlıyor Ortaköy minarelerinden.

Sonra küçük bir el çırpışıyla, yüzlercesi birden uçuşan güvercinler gibi minarelerden göklere doğru kanatlanıyor ezanlar.

Bu seher vakti, uhrevi avaz ile semtler bir birine sesleniyor.

Bu vakitte "Meleklerin kanat seslerine karışıyor, mabetlere koşanların ayak sesleri"

Mihrimah Sultan ve Valide Sultan'ın müezzinlerinin doyumsuz sabah ezanları da başlıyor.

Sırayla ve birbirine ekleyerek okudukları bu ikiz sabah ezanları bir başka ahenk katıyor Üsküdar'a.

Sahur vakti, bir başka güzel Üsküdar...

Bu gece, birkaç günden beri her gece bir parçasını geride bırakarak parlayan dolunayın yüzünde, bir kırılganlık, bir küskünlük var.

Işıktan dudaklarıyla elveda türküleri tutturmuş, gidiyor.

Sahura uyanan evlerden yükselen ışıkların, semadan inen nurlarla gökte bir ışık bulutu oluşturarak, ışık sağanağına dönüştüğü bu dakikalarda hakikaten bir başka güzel Üsküdar.

Moda, Bebek hâlâ uykuda. Gecenin gül yanakları yavaş yavaş kızarmakta. Üsküdar'da sabah olmakta...

"GELECEĞİNİ BİLİYORDUM"

Temmuz sıcaklarında yarı baygın duran köyün sessizliğinde yükselir ses:

"Sadıık!"

Can'ın sesidir bu...

Bir bahar esintisi gibi toprak evin içersine doluverir.

Kapıya koşar Sadık.

Yanılmamıştır.

Gelen can dostudur.

Yüzü, sahura kalkan aydınlık evlerin ruhaniliğindedir. Sarılırlar birbirlerine.

"Sensiz yapamadım kardeşim, yapamadım."

***

İstanbul geceleri yine ışıl ışıldı...

İnananların gönül yamaçları, kutlu ayın, tatlı esintilerinde dinlenmekteydi.

Uzaktan görenler bu şehir halkının bütününü bir ailenin fertleri sanırdı.

Ramazan'la birlikte, varlıklı insanların gönüllerinde harlaşan cömertlik ateşi, Sadık ve Can Öğretmenlerin mütevazı evini de ısıtıyordu.

Sadık ve Can... Ruhaniyat dolu Ramazan gecelerinin ışık yağmurlarında birlikte ıslanıyor, sahura birlikte kalkıyor, yüksek binaların arasındaki, ruhaniyata bürünmüş küçük mescide birlikte gidiyorlardı.

Mahya ışıklarıyla bir birine bağlı iki minare gibi bir yücelik vardı hallerinde.

Sadık Doğu'lu, Can Ege'liydi...

Can dosttular.

***

Bir gün Can'ın babası ziyarete gelir.

Can'ın babasını görür görmez, Sadık Öğretmen'in yüreğinde küllenmiş korlar yeniden alevlenir.

Kömür karası gözlerinde, kızıl-siyah sislerin arasından gittikçe belirginleşen bir korku resmi büyür.

Hayır hayır yanılmıyordu, bu kesin oydu.

Can'ın babasının geldiği gün, Sadık, eşyalarını valizine yerleştirerek sessizce çıkar gider evden.

Hem de geride bir sürü soru bırakarak...

Sadık, bir serseri gibi sokaklardadır.

Geçmişin o acı günlerini, güzel gözlerinde irileşen göz yaşlarında seyreder:

Henüz on üç yaşındaydı. Babası seyyar el arabasında kaset satarak, evine ekmek götürmeğe çalışıyordu. Sadık da okul çıkışlarında babasına yardım ediyordu. O gün, yeni çıkan bir kaseti tanıtmak için arabanın bir köşesinde duran, kapağı kopuk eski teyp, Kürtçe bir eser çalıyordu.

Birden üniformalı birkaç adam peydahlanmıştı. Başlarındaki iri yapılı, uzun boylu adam, babasına kükreyerek konuşur;

"Bu kaseti dinlemek yasak, bölücülük yapıyorsun."

Babası, Türkçe bilmediği için Kürtçe cevap verir. İri yapılı adam iyice öfkelenir. Caddenin ortasında, zavallı babasını kalabalığın korkulu bakışları arasında yere yatırıp tekme tokat dövmeye başlar. Küçük Sadık, "Ne olur dövmeyin babamı" diye yalvarsa, ağlasa da, dinlemezler. Kanlar içinde kalmıştır babası. Sonra da kelepçeleyip götürürler.

Günler geçer haber alamazlar babasından. Hiç kimse araya girmeye cesaret edemez.

Her geçen gün biraz daha artan sefalet ve yoksulluğa dayanamayarak, anası ve diğer kardeşleriyle birlikte köylerine geri dönerler.

Anasının, soğuk kış gecelerinde çığlıklaşan duaları nihayet kabul olur ve babası suçsuzluğu anlaşılarak altı ay sonra serbest bırakılır.

O heybetli adam gitmiş yerine yüreği ezilmiş, sağlığı kaybolmuş bir adam dönmüştür.

Dünyaya küser baba...

Birkaç gün sonra da hiçbir şey demeden bir hayalet gibi evden çıkar gider.

1989 Sonbaharı geride kalmış, kış dev adımlarla doğunun karlı dağlarından köyün sokaklarına inmiştir.

Sadık ve kardeşleri, soğuğun her bir yarıktan sökün ettiği bu evde, analarının sıcak kanatları altına sığınarak ısınmaya çalışırlar.

Gecelerde teröre doymayan dağlardan kurşun sesleri gelir. O kurşunlar Sadık'ın minik yüreğini deler geçer. Her gece, "Eyvah! Babamı vurdular" diye kabuslarla uyanır.

Konu komşudan gelen yardımlarla hayata tutunmaya çalışırlar.

Baharın uç vermeye başladığı bir gece, evlerinin tahta kapısı gıcırdar.

Gelen babasıdır.

Daha oturur oturmaz, "Fazla kalmayacağım, Sadık'ı almaya geldim, onu da dağlara götüreceğim." der.

Anası, "Daha o çok küçük, silah bile tutamaz, ne yapar dağlarda?" diyerek karşısına dikilse de; babası kararlıdır.

Küçük Sadık'ın elinden tutuğu gibi çıkar evden.

Baba-oğul kaybolurlar, gecenin karanlığında.

Doğuda kış erken gelse de baharlar bir hayli ağırdan alır, geceler hâlâ soğuktur.

Küçük Sadık, karanlıkta düşe kalka babasıyla saatlerce yürür. Minik bacaklarında derman kalmadığında; "çok yoruldum babacığım" der.

Bir kayanın siperinde dinlenirler.

Karşı tepelerde, gecenin siyah saçları, şafağın ışıklı elleriyle usul usul çözülürken, babası; "Haydi! Şafak söküyor, daha bir hayli yolumuz var" diye doğrulduğunda; "Dur! Yoksa vururuz." sesi, bir bomba gibi düşer, gecenin bağrına.

Gelenler askerlerdir.

Babası, kayaları siperine alarak ateş etmeye başlar. Askerler ateş etmezler, yanında Minik Sadık'ın olduğunu bilirler.

Anne yüreği işte...

Dayanamamış, ihbar etmiştir, "yavrumu kurtarın" diye yalvarmıştır, yavrusu için kocasını feda etmiştir.

Babası, bir fırsatını bulup, Sadık'ın elini sıkıca kavrayarak sınıra doğru koşmaya başlar.

Tam sınıra geldiklerinde, ansızın durur babası, oğlunun, Sadık'ının gözlerinin içine bakar.

Yüzünü okşar, öper, sarılır, sonra; "Geri git, baban seni çok seviyor, git, çabuk uzaklaş." der.

Kendisi olanca hızıyla sınıra, Küçük Sadık da askerlere doğru koşarken, korkunç bir ses yırtar, gecenin karanlığını.

Korkudan irkilip yerinde çakılıp kalan küçük Sadık, geriye dönüp baktığında; babasının bedeninden kopan parçaların alacakaranlıktaki korkunç gölge oyunlarını görür.

Mayına basmıştır babası.

Anasının yanına döndüğünde, Sadık, eski Sadık değildir artık.

Bir gün köye gelen dayısı alır, götürür, Sadık'ı. Anası da bu arada bir başkasıyla evlenir.

Sadık okur ve öğretmen olur. Canı gibi sevdiği arkadaşı Can'la bir ev tutarak birlikte kalmaya başlar.

Şimdi, karşısında Can'ın babası olarak duran adam, yıllar önce babasını sokaklarda tekmeleyen adamdır.

Sadık'ın can düşmanı, can dostunun babasıdır. Hiçbir şey demeden evi terk edişi bundandır.

* * *

O yaz, okullar kapanınca, Sadık doğruca köyüne gider.

Acı da olsa o hatıralar, onundur.

Yüzleşecektir.

Anası, bir başkasıyla evli olmanın ruh haliyle hep gözlerini kaçırır oğlundan.

Teselli etmeye çalışır anasını;

"Senin bir suçun yok anacığım, o gün o adam, babama daha bir yumuşak davransaydı, sırtımıza dağlar gibi acılar binmeyecekti.

Ama kader.

Bu toprağın insanının kaderi bu.

Yarınlar daha aydınlık, daha güzel olacak. Minareleri birbirine bağlayan mahya ışıkları gibi, samimi yüreklerden yükselen ışıklar, ülke insanını bir birine bağlayacak.

Sen çok ağladın, istiyorum ki başka analar ağlamasın, anacağım. Ben babasız büyüdüm, başka çocuklar, babasız büyümesin."

Ansızın, toprak evin kapısı vurulur.

Kararlı ve candan bir ses, "Sadık" diye seslenir. Sımsıcak güneşin bağrında boyunlarını bükmüş fidanlar, can suyunun şırıltısını duyunca nasıl gözlerini o tatlı şırıltıya dikerlerse Sadık ve anası da o tatlı sese kulak kesilirler.

Can'ın sesidir bu.

Bir bahar esintisi gibi toprak evin içersine doluverir. Kapıya koşar, yanılmamıştır.

Gelen Can'dır. Yüzü, sahura kalkan evlerin camlarından sızan ruhani bir ışık gibi tebessüm etmektedir.

Sadık çok duygulanır, sarılırlar birbirlerine.

"Tam da babamın geldiği o gün, evi aniden niye terkettin bilmiyorum ama ben sensiz yapamadım kardeşim, yapamadım."

Doğuda, kışlar erken gelse de, ağırdan alır baharlar.

Ama gelir, mutlaka gelir.

SON KIŞ

Kasım ortasıdır.

Kış kapıdadır.

Bindiği otobüs Rahva Ovasından geçiyordu. Bu mevsimde Rahva Ovası'nın pek tekin olmadığını biliyordu ama Allah'tan ova bu defa sakindi.

Bu mevsimde, kışla, sonbaharın amansız kavgalarına az mı şahit olmuştu burada.

Kuşların bile uçmaya cesaret edemediği soğuk kış günlerinde az mı kar fırtınalarına yakalanmıştı. Hayatla ölüm arasındaki ince çizgide az mı gidip gelmişti.

Nihayet, uzaktan, köyünün yamaçları görünmeye başladığında; masum ve gözü yaşlı çocuklar gibi hatıralar bir birleriyle yarışırcasına ona doğru koşmaya başlar.

Köyün girişine geldiğinde, bir taşın dibinde durarak, ellerini açıp dua eder:

"Onun da yolunu bekleyen vardı

Anası, babası, sevdiği vardı." diye düşünür.

Kalbinden boşalır gibi gelen göz yaşlarını tutamaz.

Soğuktan herkes içerlere çekilmiş, ortalıklarda kimsecikler yoktur.

Doğduğu ve acı, tatlı hatıraların geçtiği toprak evine yıllar sonra kavuşmanın tadına varır, o gece.

On iki yıllık hasret bitmiştir.

Uzaktan yakından duyup gelen misafirler, birer ikişer gittikten sonra da, istirahata çekilir.

Yorgundur.

Yatmadan önce toprak evin camından bir kez daha karanlığa doğru bakar. Üzerine aydınlık bir alaca karanlık çöken köy, incecikten atıştıran ilk karın altında bir başka güzeldir.

Son bir vafize yapar gibi yaşadığı her şeyi, hafızasında yineleyip tazeleyerek yatağına uzanır.

Sabah namazı vakti babasının kalkmadığını gören oğlu, kapısına kadar giderek seslenir.

Ses-seda vermez.

***

O yıl, güz rüzgârları erken başlamıştır, doğuda.

Ağaçlar, cezbeye tutulmuş dervişler gibi salınıp durmaktadır.

Serkan Öğretmen, 1992'i Eylül'ünde, okulların açılmasına birkaç gün kala, elinde kocaman bir bavul, babasıyla birlikte dağlar arasında unutulmuş bu ıssız köye gelmiştir.

Doğu'nun en çok şefkatli öğretmenlere, eğitime ihtiyacı olduğunun bilincindedir.

O gece, köy muhtarı Kemal Efendi ağırlar onları.

Serkan Öğretmen'in babası Şahin Bey, birkaç gün köyde kalır. Bu süre zarfında, Muhtar Kemal Efendi onlarla candan ilgilenir.

Yüzünden vakar ve olgunluk dökülen Kemal Efendi, başında poşusuyla, uzun boyu ve iri yarı haliyle tipik bir doğuludur. Yüreği sevgi dolu doğu insanının cömertliğini sunar onlara.

Şahin Bey köyden ayrılırken artık gözü arkada değildir. Yine de Muhtar'a "Kemal Efendi, oğlum sana emanet" demeden edemez.

Oğluna da; "Oğlum bak görüyorsun ya, bu köyün insanları çok cana yakın, samimi insanlar, burada, bir gönül eri gibi ülkene hizmet etmeni istiyorum, anneni düşünme, ben onu teselli ederim" diyerek, ayrılır.

Şahin Bey'le, Kemal Efendi ara sıra telefonlaşırlar.

Kış, ağır ağır dağlardan düze doğru inmeye başlar.

Köy yolları kısa zamanda kapanır.

En yakın kasabayla bile irtibat kopar.

Fakat çok şükür ki, o yoksul halleriyle bir sürü kapı aşındırarak inşa ettikleri okulları, çocukların oyun ve şamataları ile şenlenmiştir.

Serkan Öğretmeni de çok sevmişlerdir.

Yarı yıl tatiline kadar öğrencilerin hemen hepsi Türkçeyi bir güzel öğrenirler. Onlar öğretmenlerini, öğretmenleri de onları anlamaya başlar.

Serkan Öğretmen köye bir bavulla gelmiş sade bir gençtir ama onun bu gelişiyle artık köyde iki dil konuşan insan çoğalmış, köy zenginleşmiştir.

Kendisi de çat pat Kürtçeyi öğrenir. Arada bir Kürtçe konuşması öğrencilerin ve köylülerin, Serkan Öğretmene daha bir ısınmalarına vesile olur.

Doğu'nun bu dağ köyünde, kışta, açan bahar çiçekleri gibidir, çocuklar.

Şubat tatili geldiğinde karayollarına ait iş makineleri köyün yolunu açar.

Serkan Öğretmen'in babası, Kemal Efendi'yi arayarak, oğluyla birlikte gelmesini, kendisini misafir etmek istediğini söylediğinde, Kemal Efendi; "Benim biraz işlerim var, yazın gelirim" der.

Şahin Bey ısrar eder.

Sonraki gün birlikte yola çıkmaya karar verirler.

O gece, herkes Kemal Efendi'nin evinde bir araya gelir.

Gecenin hayli ilerlediği bir vakitte birden sokak kapısı yediği yumruklarla, sarsılır.

Gelenleri tahmin etmiş olmalı ki, "durun kapıyı ben açayım" der, Kemal Efendi. Kapıyı açınca beti benzi atar.

Gelenler, başlarında poşular, ellerinde keleşlerle, kışın dondurucu soğu ile birlikte dalarlar içeriye.

İstediklerini alırlar.

En küçük bir direnmenin neye mal olacağını bilir, köylüler.

Sadece bir an evvel gitmelerini dilerler. Teröristlerin başı "haydin gidiyoruz" deyince, herkes derin bir nefes alır. Tam kapıdan çıkacakları an, içlerinden birisi;

"Öğretmen köy çıkışına kadar bizimle gelecek, orada bırakırız" der. Korkulan olmuştur.

Kemal Efendi'nin ve köylülerin yalvarmaları boşunadır.

Yanlarına Serkan Öğretmeni de alarak gecenin zifiri karanlığında kaybolurlar.

Çıldırtan bir bekleyiş başlar köyde.

Bir müddet sonra uzaklardan, bir el silah sesi yırtar gecenin karanlığını.

Dalga dalga acılarla devrilir dağlar köyün üzerine.

Köyün kalbini deler kurşun.

Kar, hızını arttırır, sanki Serkan Öğretmen'i saklamak istercesine.

Yavrusunun şehit haberini alıp, saçını başını yolan analar gibi çırpınan ağaçlarda ağıtlaşır rüzgar.

Gecenin karanlığında kurşun sesine koşan köylüler, köyün çıkışında, Serkan Öğretmen'in yükselen bir anıt gibi duran bedeni ve karda bayraklaşan kanıyla karşılaşırlar.

Tek kurşunla vurulmuştur beyninden.

Kemal Efendi'nin feryatları karışır rüzgârın ağıtlarına, kızgın şişler girer çıkar, yüreğine.

Serkan Öğretmen'in babasına, can dostu Şahin Bey'e ne diyecektir?

"Emanetini koruyamadım, kusura bakma" mı?

Yüreği umut dolu taze bir baharı yok ederken eller titrememiştir. Kışları bahara döndürme hayalleri, bir başka bahara kalmıştır.

Okullarına henüz kavuşan yavruların kalemleri kırılmış, hayalleri savrulmuştur.

Bu acı olay köy için bir dönüm noktası olur.

Köyden göç başlar.

Teröristlerin zorla aldıklarından dolayı yardım ve yataklıkla suçlanıyor olmak ve vatan haini muamelesi görmek ya da canlarından olmak, hayatlarından bezdirmiştir insanları.

Üstelik çocukları da öğretmen yüzü görmüyordu.

Bin bir umutla yaptıkları okul artık öğretmensizdi.

Rüzgârların, sürekli ölüm kokuları taşıdığı bu yoksul köye kim gelirdi.

Soğuk bir kış günü kırık dökük eşyalarıyla birlikte, yüreklerindeki dağ gibi acıları da sırtlanarak, çoluk, çocuk, genç, ihtiyar, birer ikişer terk ederler, doğdukları toprakları.

Kimi Adana'ya kimi Mersine, göç ederler, Anadolu'nun dört bir yanına.

Muhtar Kemal Efendi İstanbul'a yerleşir.

Tek oğlunun eve getirdiği parayla ayakta durmaya çalışırlar.

Koca şehirde, yetmişi bulan yaşıyla toprağından kökü sökülü bir ağaç gibi kendini sürüyüp durması, zoruna gider.

Sonu gelmez bir gönül darlığındadır. Köyünü iyice göresi gelmiştir.

Köye dönüşlerin başladığı yıl, "Belki bu son kıştır, bir daha göremem" diyerek, köyünün yolunu tutar.

Köyün girişine geldiğinde; Serkan Öğretmen'in, dibinde vurulduğu taşı görür. İçindeki kördüğümün, yüreğinden boğazına biteviye salınan o zehrin, ilk amansız akışının, bu ölümle başladığına kani olur. Ellerini açarak, dua eder. Gözlerinden avuçlarına akan yaşlarla yüreğinden de bir şeylerin söküldüğünü hissederek, bir çocuk gibi hıçkırıklara boğularak.

"Onunda yolunu bekleyen vardı,
Anası, Babası, sevdiği vardı" der.

Köyde, soğuktan herkes evlere çekilmiştir. Ortalıklarda kimsecikler yoktur.

Sessizce süzülür, hatıralarla dolu evine.

Az sonra, Muhtar Kemal Efendi gelmiş diye duyan eş -dost, köylü ne varsa birer ikişer damlarlar toprak eve.

Kemal Efendi hüzünlüdür: ; "Köyü göresim geldi, sizleri, bağbahçeyi, tarlaları, dağları, dereleri öyle özlemişim ki... Bizim gibi toprağa bağlı insanların köyünden uzak yaşaması meğer ne zormuş, sadece ağaçlar değil, insanlar da meğer kök salarmış toprağa. Yüreğim acılara daha fazla dayanacak gibi durmuyor. Yaralı bir yürekle ancak buraya kadar."

Köylüler ; "Dur bakalım Kemal Efendi, daha dinçsin maşallah, birlikte güzel günler geçireceğiz, biz seni yine bir büyüğümüz olarak başımızda görmek istiyoruz" diyerek karşılık verseler de, herkesi bir keder kaplamıştır, odanın içinde duygulu anlar yaşanır.

Her biri, köyden ayrıldıktan sonra çok acılar çekmiş olan ve 2004'teki köye dönüş yasasıyla da kendilerini topraklarına atan bu insanlar, gece boyunca yaşadıklarını bir bir anlatırlar.

Sohbet dönüp dolaşıp, köyü boşaltmalarına vesile olan Serkan Öğretmen'e gelince, kelimeler yumak yumak boğazlarına düğümlenir, gözyaşları, yanaklarındaki kırışıklardan sızar.

Serkan Öğretmen'in annesinin, tipiye tutulmuş bir ağaç gibi kendini yerden yere atması, söylediği ağıtlarla bütün köyün yüreğini yakması, babasının feryatları unutulur gibi değildir.

Gece, bir hayli ilerleyince, misafirler; "Kemal Efendi! Sen yorgunsun biz gidelim artık, Allah'ın günü çok, daha görüşürüz" diyerek, geldikleri gibi birer ikişer dağılırlar.

Kemal Efendi de odasına çekilir. Köyden birlikte ayrıldıkları Sadıka Hanımı artık yoktur. Onu, doğduğu toprağa gömmek bile nasip olmamıştır. Yaşanan her şeyi, son bir görev yapar gibi hafızasında tazeler. Yatağına uzanmadan önce camdan son defa karanlığa doğru bakar.

Kar hâlâ yağmaktadır.

Üzerine aydınlık bir alaca karanlık çöken köy, incecikten atıştıran ilk karın altında bir başka güzeldir.

Sabah namazı vakti babasının kalkmadığını gören oğlu, kapısına kadar giderek seslenir.

Ses-seda vermez Kemal Efendi.

Doğu'da bu son kıştır.

POŞULU AMCA

Gün, gecenin siyah gözlerine dökülmüş olmasına rağmen hâlâ yergök bembeyazdı.

Tipi, dalları, yorulmadan, usanmadan dövüyor, sağda solda kara saplanmış arabalar yolculuğu hepten çekilmez kılıyordu. Tek tük uçuşan kargalar da artık ortalıktan kaybolmuştu. Bu sert havada acaba sığınabilecekleri güvenli bir yer bulabilmişler midir diye de geçiriyordum, içimden.

Kar fırtınasının böylesine hiç şahit olmamıştım.

Akşam iyiden iyiye çökmüştü, Rahva Ovası'na.

Tipi şiddetini gittikçe artırıyor, fırtına karları yerden kuvvetlice alıp göğe savuruyordu.

Ayaz, 'Rahva Ovası geçilmez' diya avaz avaz bağırıyordu.

Sonunda kendimizi Muş'ta bir ilkokul öğretmeni olan Seyyid Bey'in evine zor attığımızı hatırlıyorum sadece. 60 kilometrelik yolu beş saatte kat edebilmiştik.

Muş'un yolları yokuşmuş, burada hayata tutunmak ne kadar zormuş gördük.

O gün kararımızı verdik; köylerden okumak için Muş'a gelecek çocuklara sıcak bir yuva, bir yurt hazırlamalıydık.

Hayalimizin peşine düştük, ilk icraatımız, şehrin merkezinde, Ana dolu lisesi'nin dibinde boş bir bina bulmak oldu. lakin mal sahibinin istediği parayı ödeyebilmemiz imkânsızdı.

Mülk sahibini ikna edemedik.

Gece boyunca, bütün iyi niyetimize rağmen binayı alamayışımız zihnimizde sorular oluşturdu. Sıkıntılarımıza cevap ertesi gün geldi. Anlaşılan gece, sadece bizi değil, mal sahibini de düşündürmüştü.

Sabah erkenden yanımıza geldi. Binayı bize vereceğini söyledikten sonra ekledi: "Kirayı siz takdir edin."

Kolları sıvadık, şevkle çalışmaya başladık. Yurdun dolaplarını yakındaki bir baraj inşaatının şantiyesinden getirdik. Bazıları bükülmüş, yıpranmış olsa da önemli değildi. Bunları bulduğumuza şükrediyorduk. Yurdun halısını da İstanbul'dan bir işadamı göndermişti. Derme çatma da olsa eşyalarını tamamlamıştık.

60 öğrenci kapasiteli bir yurdumuz olmuştu. Tatlı tatlı konuşan ama yüreği bir yangın yeri gibi ızdırapla tüten bir müdürümüz de iş başına geçmişti: Mustafa Bey gayretli, sade, alabildiğine mütevazı biriydi. Orada pek çok güzelliklere vesile olmuştu.

Müdür Mustafa Bey'le yıllar sonra karşılaştığımızda o günleri yad ettik. Anlattıklarında, gördük ki, o küçük yurt ne büyük işler görmüş. Basiretli devlet adamlarının ve aydınların, bugün söylediklerine geçmişten güçlü bir ışık tutuyordu dinlediklerim.

Şimdi söz Müdür Bey'de:

"Yurt talebelerin akınına uğramış, kayıtlar birkaç günde dolmuştu. Geç kalan velilerin küçücük çocuklarının ellerinden tutup büyük bir üzüntüyle -umutla geldikleri yurdun kapısındangeriye dönüşlerini unutmam mümkün değil. Yalvarmalar, yakarmalar boşunaydı; bir kişilik boş yerimiz dahi kalmamıştı. Buna rağmen geriye dönen her baba-oğul için tarifi imkânsız acılar çekiyordum. Sadece Hakkari'de bile her yıl okumak için 1000'den fazla çocuğun köylerden şehre geldiğini düşünürseniz, doğuda barınma açığının boyutlarını tahmin edebilirsiniz. Binlerce gül yüzlü çocuk, -kalacak sıcak bir yuva değil soğuk bir ev bile bulamadan, eğitim hayatına adım atamadan köylerine geri dönüyorlardı. Sadece gelecek hayalleri değil, umutları da yıkılıyordu o geri dönüşlerde. Küçücük yüreklerinde kim bilir ne büyük hayaller büyütüyorlardı. Acıydı ama şimdi kurda kuşa yem olmaya namzetti bu çocuklar. Küçük yaşlarında küsmüşlerdi en önce hayallerine, büyüklerine, yöneticilerine, belki de bütün bir hayata.

Bir gün poşulu bir amca geldi yurda. Yanında da alabildiğine mahçup bir çocuk. Eski püskü kıyafeti her şeyi anlatıyordu. Babasının elinden sıkıca tutmuştu. Adam bana, "Al oğlumu, yatak da istemez, ranza da!" diye çok yalvardı. Çocuk başını önüne eğmiş, babasının yalvarışlarını dinliyordu. Belli ki, kalbi bir güvercin yüreği gibi pır pır atıyordu. Bir aralık gözüm ayakkabılarına ilişti, ayakkabının deliğinden çorabı görünüyordu. Yüreğim sızladı. İçimde Rahva'nın tipilerinden daha sert fırtınalar kopmaya başladı. Onu geri göndermeye yüreğim isyan ediyordu. Fakat sırada bekleyen bir çok insan vardı, hangi birine nasıl bir çözüm bulabilirdim ki? Orada ağlamamak için zor tutum kendimi. Adam da çaresizliğimi anlamış olmalı ki, hiç bir şey demeden çocuğunun elinden tuttuğu gibi arkasını dönüp gitti. İkisi de gözden kayboluncaya kadar arkalarından bakakaldım sadece. Aciz ve çaresizdim. Aylarca unutamadım bu olayı. Kabus gibi rüyalarıma girdi. ne zaman caddelerde çocuğu ile yürüyen bir baba görsem hâlâ poşulu adam ve oğlu gelir aklıma. Suçlu benmişim gibi ızdırap duyarım, yüreğim ezilir her defasında.

Doğuda kış erken gelir. Dondurucu soğuklar başlamıştı. Bir gün odamda oturuyordum. Bir ziyaretçim olduğunu söylediler. "Gelsin" dedim. İçeri poşulu bir amca girdi; yüzünü gözünü sarıp sarmalamıştı. Uzun yoldan geldiği her halinden belliydi. Poşusunu hafifçe sıyırarak:

"Müdür Bey, beni tanıdın mı?"

"Hayır, tanıyamadım."

"Ben okulların açıldığı günlerde oğlumla beraber gelmiştim buraya, yerde de yatar, ne olur al oğlumu Müdür Bey, demiştim ya size.

"Ha, evet. Tanıdım şimdi. Buyurun oturun amcacığım. Ben de ne zamandan beri sizi düşünüyor, sizi arıyordum"

"Sana bir çift sözüm var müdür bey: Bu yurda kabul etmediğin oğlumu, teröristler dağa kaldırdı. Ben istedim ki, onun eli kalem tutsun. Sen onun kalemini kırdın, hayallerini yıktın. Umutlarını yok ettin, müdür bey. O dağ senin, bu dağ benim dolaşıyor mu, yoksa bir kör kurşuna kurban mı gitti, bilmiyorum. Umurumda da değil. Çünkü ben ölmüşüm müdür bey. Eğer ahirette imansız karşıma gelirse iki elimi iki yakanda bil Müdür Bey" deyip döndü ve gitti. Bu seferde arkasına bakmadı.

Adeta kanım donmuştu. "Dur biraz! Dur hele!" diyecektim, diyemedim. Dış kapıya koştum. Poşusunu yine başına dolamış, tek başına, karşı caddenin kaldırımından kar ve tipiye aldırmadan başını önüne eğerek koşar adımlarla yürüyordu, gözden kayboluncaya kadar arkasından baktım, baktım..."

Dedim ya, Doğuya kış erken gelir...

KANLI KAR

Gece kar yağıyordu.

Sert esen rüzgar, bir hayalet gibi duran Süphan Dağı'nın bağrını dövdükçe dövüyordu.

Kümbet Köyü, soğuktan, Süphan Dağı'nın kanatları altına sığınmış, öylece duruyordu.

Oğlu gitti gideli korucu Şahin'in kalbinin sızısı her gün artıyor, karlı dağları ateşe verecek yangınlar yalayıp duruyordu, yüreğinin çeperlerini.

Evde ruhu daralıyor, ağladığını hanımına, çocuklarına göstermemek için kendisini sürekli dışarı atıyordu.

O gece, rüzgâr, önüne kattığı karları düşman askeri kovalar gibi sağa sola savuruyordu.

Başını yüzünü sarmalamış etrafı kolaçan ederken, yine oğlu geldi aklına;

"Kınalı kekliğim bu kar kışta kim bilir hangi dağlarda dolaşıyor, hangi kayalıklarda sekiyordur?" diye düşündü.

Köyün köpekleri, havlamaya başladı bir anda. Daha bir dikkatle bakındı etrafa.

Bir de ne görsün, gecenin karanlığında bir ayağı aksayan birisi, bir gölge gibi köye doğru sızıyordu.

Geceleri kuş uçurtmazdı köyün girişinde.

Öfke kabarırdı içinde.

Arka arkaya gelen "dur" seslerini, rüzgârlar aldı götürdü dağlara da, köye doğru koşan kişi duymadı bağırışını.

"Dur! Yoksa vururum" sesleri savruldu sert rüzgarlarda. Yabancı, başını parkasına sokmuş, beyaz bir hayalet gibi, yağan karın altında köye doğru koşmaya başladı Korucu Şahin silahını ateşledi. Silah sesi yankılandı karşı dağlarda.

Meraklandı köylüler, kulak kabarttılar sese.

Gölge önce sendeledi, sonra taze yağan karların üstüne yıkıldı.

***

Ali, yedi kişilik bir ailenin en büyük çocuğudur. Orta okulu bitirip liseye gitme hayalleri kurmaktadır.

Bitmek tükenmek bilmez Ali'nin hayalleri. Acılar, insan ruhunda binlerce lamba birden yakarmış. Anasının hastalığı da Ali'yi çaresizlendirdiğinde hep doktor olma hayali kurar.

Babasının da en büyük arzusuydu, Ali'sinin okuması.

Orta okulu bitirdikten sonra kasabadaki liseye kayıt yaptırır. O yıl başarı ile bitirir birinci sınıfı.

Yaz tatilini babasına yardım ederek geçirir.

İkinci sınıfa başlar başlamasına da ailesi onu okutmakta çok zorlanır.

Fakat, Ali'de bitmek bilmeyen bir okuma azmi vardır.

Babası, oğlundaki bu azmi gördükçe, nesi var nesi yok satıp oğlunu okutmaya karar verir.

1990 baharıdır.

Ovalar, obalar, yamaçlar yeşillenir. Dallarda öten kuşlar müjdelerler baharın geldiğini.

Çobanlar her gün, kucaklarında yeni doğan bir kuzu ile dönerler köye.

Ali, arkadaşı Hüseyin'le birlikte köyden gider gelirler okula.

O gün, yine ders zili çaldığında, birlikte koşarlar, köyün dolmuşuna.

Dolmuş, arkada toz bulutları bırakarak uzaklaşırken kasabadan, Ali, doktor olma hayalleri ile dolu olarak yaklaşıyordu köyüne.

Yanında oturan arkadaşı Hüseyin'e; "Hüseyin! Bir doktor olursam gör bak, köydeki bütün hastalarımızla nasıl ilgileneceğim, hele anama nasıl yüreğim yanıyor bilemezsin."

Hüseyin; "Ya Ali! Sen de amma hayal kuruyorsun, kolay mı doktor olmak?" diye çıkıştı.

"Çalışacam Hüseyin Çalışacam, yaşaması lazım bu insanların, dindirmek lazım onların acılarını, ağrılarını."

Köye iyice yaklaşmışlardı. Ali'nin içi içine sığmıyordu. Anasının ağrıları için ilaç almıştı. Anasına yetiştirecekti ağrı kesicileri.

Bu gece anası bir rahat uyursa var ya, dünyalar onun olurdu. Neden ağrılar geceleri artardı? neden geceler sancılarla uzanırdı-sabaha? Bunu bilemiyordu ama bildiği bir şey varsa akşamları daha bir artardı anasının ağrıları.

Dönemeci döndüklerinde köy görünecekti ki, ellerinde silahlarla bir gurup terörist tarafından yolları kesildi.

Dönemediler son dönemeci. Göremediler köylerini.

Yolcuların yanındaki para ve değerli eşyaları aldılar. Ali ve Hüseyin'i de... Ve yürüdüler dağlara doğru...

Acı haber bir anda ulaştı fukara köye.

Yıkıldı Ali'yle Hüseyin'in aileleri. Süphan Dağı devrildi üzerlerine. Acı, bir ateş oldu yaktı, toprak evleri.

Derler ki, Sübhan Dağı ile Ağrı Dağı günün birinde birbirlerine beddua etmişler. Birisi, "senin başından kar eksik olmasın," diğeri de "senin başından bahar eksik olmasın" diye.

Fakat, Sübhan Dağı'nın başındaki bahar, bir türlü eteğindeki köylerde yaşayan insanlara inmiyordu.

Aradan günler geçiyor Ali ve Hüseyin'den haber alınamıyordu.

Örgüt, onları önce Suriye'deki kamplara götürdü.

Eğitim görüyorlardı. Öldürmenin, cana kıymanın, hayatları yok etmenin, anaları ağlatmanın, çocukları yetim bırakmanın eğitimini.

Ali, hiçbir zaman sevmedi bu hayatı.

O, umutsuz insanları hayata döndürmenin eğitimini görürken kesilmişti yolu.

İki kaşının tam ortasından vurulmuştu, hayalleri.

Birkaç defa kaçmayı denedi ise de başaramadı.

Son teşebbüsünde bir daha kaçmaya tevessül etmesin diye ayağından vurdular Ali'yi.

Önce hayalleri sonra da vücudu delik deşik olmuştu. Artık yürürken, ümitleri gibi ağır aksaktı.

Hayat onun için bitmişti, kaçması da imkânsız hale gelmişti.

Yıllarca sakat ayağı ile nefret ettiği insanlara hizmet etmek zorunda kaldı. Ölmek ya da yaşamak umurunda değildi. Tek arzusu köyünü bir daha görebilmekti.

Nihayet bir gün Ali, kaçmayı başardı.

İlk defa Hüseyin'den ayrılıyordu. Ona da söyleyemedi kaçacağını.

Karlı bir kış günü çok sevdiği köyüne iyice yaklaşmıştı.

Taze karlar yağıyordu, ovaya.

Başını parkasına gömmüş, sert rüzgârlara direnerek yürüyordu köyüne doğru. Hava, tipiğe çevirmiş, rüzgâr karanlıkta karları savuruyordu.

Bir anda, camlarından ölgün ışıkların sızdığı köy göründü.

Soğuktan büzüşmüş, birbirine sokulmuş karların ağırlığında inleyen toprak evlerin bacalarından yükselen dumanlar ısıttı içini.

Uzaktan evlerini görmüştü. "Anacığım! Geldim. Geldim anacığım. Sensiz çok üşüdüm dağlarda, sıcak bağrında ısınmaya geldim" diyerek heyecandan koşmaya başladı.

Birden köyün köpeklerinin havlamaları bozdu köyün sessizliğini.

Korucu Şahin, etrafı kolaçan ederken bir gölgenin köye doğru sızdığını fark etti.

Rüzgâr, vahşi uğultularla deliyordu gecenin bağrını.

"Dur, dur" seslerini alıp götürdü sert rüzgârlarda ulaşmadı Ali'ye. Ali, durmadan koşuyordu.

Korucu iyice tedirgin olmuş, "dur" ihtarına bile aldırmayan bir teröristin köye sızmak üzere olduğundan şüphesi kalmamıştı.

Karanlıkta yankılandı silah sesleri. "Anam" diye inleyerek yere yıkıldı Ali.

Bir teröristi öldürdüm diye koştu korucu. Yaklaştığında delikanlı yerde debeleniyordu. Yere yıkılışıyla çevresindeki karı, kana boyaması çok sürmedi. Bembeyaz karların üzerine kan sızıyordu, yarasından.

Kanlı kar, postallarına bulaştı korucunun. Yaralı genç başını montuna gömmüş, yüzükoyun uzanmıştı; karanlıkta elleri ve ayaklarının çırpınışı, ürperten bir görüntü oluşturuyordu.

Korucu, gencin sırtındaki monta bakıp yanlış bir şey yapmadığı nı, köye sızmak isteyen bir teröristi vurduğunu düşündü.

Masum bir cana kıymamış olmanın rahatlığıyla derin bir nefes aldı.

"Anam... Anacığım..." sesleri dökülüyordu, dudaklarından.

Korucu, cebinden el fenerini çıkardı, cesedin yüzünü kendine doğru çevirdi.

Acıdan süzülmüş siyah gözlerle göz göze geldi.

"Baba...Babacığım..." diye inledi üşümüş, cansız dudaklar.
"Aliiii! Yavruuuuum!"

Yürek parçalayan feryatlar, bir ağıt gibi yükseldi, Sübhan Dağı'nın yukarılarına.

Ağıtlar, karların kanlı kanatlarında Ağrı Dağı'nın ak tepelerini aşarak zifiri karanlıklarda rüzgâra karışıp gitti.

"Şimdi ben anana ne diyeceğim, kanlı karlarda kalan Aliiim! Kalk! Kalk! Kınalı kekliğim..."

ON BİR ARKADAŞTILAR

Şafak söktü sökecek...

El ele tutuşup yürüdüler, gecenin bağrında beyaz bir hayalet gibi duran karşı karlı dağlara doğru ...

Hem de, arkalarında dağlar gibi acılar bırakarak... Hepsi on bir arkadaştı...

Çocukluklarının geçtiği yerlere son bir defa baktılar.

İlçe derin uykudaydı...

Okulları da...

Güneşle birlikte toprak damlardan yükselecekti feryatlar. Yoksulluğun bir acı duman gibi bacalardan yükseldiği evler ve perişan aileleri kaldı geride...

Bir de arkadaşları Mehmet...

* * *

Güney Doğu'da dağlar arasında, adını yamaçlarındaki ağaçlardan almış küçük bir kasaba...

Dar gelirli insanların yaşadığı bu mütevazı kasabada yaşıyordu, Mehmet ve ailesi.

Bir tek lisesi vardı kasabanın.

Mehmet, bu lisede okuyordu. Evleri kasabanın dışındaydı.

Her sabah ayakta lastik ayakkabılar, bir elde tahta çanta, diğerinde odun, düşerdi yollara.

Düşerdi buzlu yollarda...

Kalorifer yoktu.

Getirdikleri odunların ateşinde ısınırlardı.

Sekiz kardeşti Mehmet.

En büyük kardeşe alınan elbise ya da ayakkabı yırtılıp parçalanıncaya kadar diğer kardeşleri sırayla dolaşırdı.

İlkokulu bitirdiği yaz, kasabadaki Dostlar Berber Dükkânı'nda çırak olarak çalıştı. Yaz boyunca tıraş olanların elbiselerine dökülen kılları fırçaladı, dükkânın temizliğini yaptı.

Biriktirdiği parayla, ortaokul için elbise alacaktı.

Annesi, "Oğlum bir beden büyük alalım da ikinci sınıfta da giyersin" dedi.

Kırmadı annesini.

Okula başlarken ağabeyinin eski elbisesini giymek zorunda kaldı.

Çünkü aldığı elbise ancak lise birinci sınıfta bedenine denk gelmişti.

Okulda hemen her gün boykot olurdu. Türlü bahanelerle olaylar çıkar, boş geçerdi dersler.

Sayısal bölümde okumasına rağmen Matematik ve Fizik dersleri de sürekli boş geçiyordu.

Kimya öğretmeni ancak iki ay dayanabilmiş, istifa ederek ilçeyi terk etmişti.

PKK'nın özel günlerinde sıralar kırılarak bahçede yakılırdı. Halaylar çekilirdi etrafında ateşin.

Basket potasında yakılırdı, traktör tekerleri.

Özel Harekât Polisinin okula gelmediği gün olmazdı.

Mehmet okulun futbol takımındaydı.

On bir arkadaştılar... Okullarını başarıdan başarıya taşıyorlardı.

Ayaklarında futbol ayakkabısını andıran lastik ayakkabılara rağmen, herkes seyretmeye koşardı onları.

Futbol onlar için bir tutkuydu ama birbirlerine daha tutkundular.

Mehmet forvet, Rıdvan'sa, takım kaptanıydı.

Antrenmanlarını, okul çıkışlarında ilçenin dışındaki toprak sahada yapıyorlardı.

Antrenmandan sonra da Rıdvan onları etrafına oturtur, Karl Marks'ın "Das Kapital"inden bölümler okurdu.

"Devletin Kürtlere zulmettiğini, onları yok saydığını, üniversiteyi kazansalar bile iş bulamayacaklarını" telkin eder dururdu.

Rıdvan'ın, PKK sorumlusu olduğunu çok sonraları öğrendiler.

Bot şeklindeki ilk spor ayakkabısını okuduğu üniversitenin başarılı öğrencilere verdiği Sümerbank alışveriş çekiyle alabildi.

Akşamları tertemiz siler, ayakkabılıkta değil yatağının başucunda tutardı.

Bir gün babasına iki misafir geldi. Mehmet konuşmalara kulak misafiri oldu.

Diyarbakır'dan gelmişlerdi. "Üniversiteye hazırlık dershanesi açtıklarını, zeki ve fakir öğrencileri barındırma imkânlarının olduğunu" söylüyorlardı.

"Üniversiteye hazırlık, üniversite imtihanları, üniversiteyi bitirmek... Bunlar zaman kaybından başka bir şey değildi. Bitirse de zaten iş vermezlerdi ki..."

Mehmet babasına direnmenin bir faydası olmadığını biliyordu.

O gün Mehmet'in hayatında yeni bir dönem başladı.

Cuma günleri okul çıkışı Diyarbakır'a gidiyor, Pazartesi günleri geri dönüyordu.

Hafta sonları gündüz dershanede, akşamları yurtta dolu dolu vakit geçirirken Rıdvan'ın kendisine anlattıklarını da gözden geçirme fırsatı buluyordu.

Dershanedeki Kimya Öğretmeni Hasan Hüseyin Bey'i ve Yurt Müdürü Hüsnü Bey'i çok sevmişti.

"Kürt, Türk, Alevi, Sünni herkesin kardeş olduğunu; herkesin aynı vatanı, bayrağı, dini, dili gayeyi ve ülküyü paylaştığını" anlatıyorlardı.

Bu vatanı birlikte savunduklarını, Cumhuriyeti birlikte kurduklarını da.

Bir gün okula geldiğinde takım arkadaşlarının sıraları bomboştu.

Rıdvan hepsini ikna etmiş, dağa çıkarmıştı.

Kürtlere yapılan haksızlıklara özgür dağlardan baş kaldıracaklardı.

Önce Beka Vadisi'ne eğitime götürülmüşler, sonra o dağ benim bu dağ senin...

Arkadaşlarının ayrılığı bağrını dövüyordu Mehmet'in; "Dağlara sevdalı bu insanlar, artık birer teröristti."

"Yuvasız kuşlar gibi üşüyorlardı karlı dağlarda."

"Arkadaşlarımı kandırdılar!" diye kahroluyordu Mehmet.

Ölüm beklerken onları pusuda, onlar ölüm kovalıyordu dağlarda.

Karşı dağlarda geceye sıkılan kurşunlar anaların yüreğinden geçiyordu. Rüzgârlar ölüm kokuları taşıyordu yoksul evlere.

Her eve düşen gün görmemiş acılar, her yüreğe değen bir ateş vardı buralarda.

Ölüm kusan dağlar aldıklarını üç ay içersinde acıların kundağına sarıp geri verdi.

Soğuk bir kış gecesinde karlı dağlardan ateş düştü anaların yüreğine.

Aldıklarını, aldığı gibi vermedi ki kanlı dağlar...Tek tek cesetleri geldi hepsinin.

Gözüne şarapnel parçası değdi de, sadece Şeyhmuz kaldı geride; o da müebbet şimdi.

Dalga dalga acılarla devrildi karlı dağlar toprak damların üzerine.

Her cenaze gelişinde ilçede olaylar çıkıyor, yüzlerce insan aylarca gözaltında kalıyordu.

Her arkadaşı geldiğinde, bir kere daha ölüyordu, Mehmet.

"Diyarbakır'dan neden geç gelmişlerdi? Onları da kurtaramazlar mıydı?

İşte hepsi ölmüştü. Hiç biri yoktu şimdi. Ebediyyen kaybetmişti onları...

Üç ay öncesine kadar birlikte top koşturuyorlardı toprak sahada.

Onların da yıldızlara ulaşan umutları, aşkları ve hayalleri vardı. Dağlarda kanlı dallara takılı kaldı hepsi...

Ölenler, geride kalan anne babalarını da perişan ediyor; cenazelerin yakınları, yapılan baskılardan dolayı, Adana, Mersin gibi şehirlere göç etmek zorunda kalıyordu.

Kırık dökük eşyalarıyla birlikte, yüreklerindeki dağ gibi acılarını da sırtlanarak terk ediyorlardı doğdukları toprakları.

Hayat bu insanlar için o kadar acıydı ki... Sevmekten bile korkuyorlardı... Öperken ısırılmıştı güneş kavruğu yanakları.

Mehmet, karar vermişti, öğretmen olacaktı. Bu çocukları kurda kuşa kaptırmayacaktı.

Mehmet, o yıl tıp fakültesinin üstünde puan aldı ama Matematik Bölümü'ne kayıt yaptırdı.

Doğunun en çok eğitime, basiretli ve şefkatli öğretmenlere ihtiyacı vardı.

O şimdi Doğu'da öğretmen...Memleketine sevdalı...

Geçen gün, varoşlardaki çocukların eğitimiyle ilgili bir projeyle, gelmiş İstanbul'a.

Uzun uzun konuştuk. Acılar yumrukluyordu yüreğini. Arkadaşlarını anlatırken hisli bir çocuk gibi sık sık içini çekiyordu.

"Biz on bir arkadaştık, dağlar hepsini aldı. Şimdi bir ben kaldım." dedi.

Baktım ağlıyordu.

KİME EMANET

Hak nebi'nin dilinde;
Nifak sayılmış, emanete ihanet.
Tohum toprağa yavru yuvaya,
Yuva *anaya emanet*.
Şak şak olmuş toprak suya,
Su *buluta emanet*.

Yusuf kuyuya,
Mısır *Yusuf'a emanet*.
Hak nebi mağaraya,
Medine *Hak Nebi'ye emanet*.
İbrahim ateşe, İsmail *bıçağa emanet*.
Ne bıçak ne ateş ne kuyu
ne de mağara etmedi ihanet.
Asrın İbrahimleri, sana emanet.
Arkadaş gel bir kor gibi yak sineni
Çünkü hepsi *Allah'a emanet*.
İçine doğru derinleş,
Dibi görünmeyen bir kuyu ol,
Sakla Yusufları koynunda,
Yusuflar *sana emanet*.
Mağarada yılan olma,
Güvercin gibi vefalı.

Örümcek gibi tehlikelere perdedar ol.
Mağara gibi al Muhammedileri, al yedi genci.
Al bütün bir gençliği.

Hazreti Sümeyra; Hak nebi'yi, *evlatlarına emanet etti*
"Sakın ona bir şey olursa eve dönmeyin" dedi.
Dönmeden emanete sahip çıkmayacaklarını anlayınca,
Vazgeçtiler eve dönmekten.
Evlerinden çıkmayanlar neyin emanetçisi acaba! ..

Bilecik istasyonunda yaşlı ana,
Oğlunu cepheye uğurlarken, ona
"Oğlum Babanı Dimetoka'da, dayını Şipka'da,
iki ağabeyini Çanakkale'de kaybettim.
Sen benim son yongamsın,
Sen de dönmezsen
ben Allah'a emanet;
git sen de git!
Minareler ezansız, camiler Kur'ansız kalacaksa Sen de git"
diyordu.
Ezan, vatan, Kur'an kime emanet?

Cafer-i Tayyar şehit olmuştu, Hak nebi geldi,
Yetimlerin başını okşadı ve ağladı
Baş okşayan kim?
Gözyaşı kime emanet?
Cephede kanlar içinde son anlarını yaşarken,
Vücudundan kanlı kurşunu çıkarıp
"Arkadaşım Memiş! Şunu al!
Oğluma emanet et!
Ben sağ yaşadığım müddetçe görevimi yaptım.

Senden de bunun hakkını vermeni istiyorum, dediğimi ilet."

Mukaddes *kurşun kime emanet?*

Sütçü İmam'ım!

İki bacımızın yaşmağını aldılar diye

Maraş'ı kana buladın,

Senin şuurun kime,

Yaşmak kime emanet?

Şair, Hazreti Amine'ye

"*Ey Ebva'da yatan ölü! Bahçende açtı*

Dünyanın en güzel gülü," derken, bahçe kime,

gül kime emanet?

Bilaller, dem tutan bülbüller nerede?

Arkadaş gül de bülbül de, bağ da bahçıvan da

Ateş içindeki İbrahimler, kuyudaki Yusuflar,

Şu gerideki isimsiz kümbet, şu ilerdeki ıssız mabet, unutma!

Hepsi sana emanet.